U0536156

孙毓棠诗集

孙毓棠 著
余太山 编

商务印书馆
The Commercial Press
2013年·北京

图书在版编目(CIP)数据

孙毓棠诗集/孙毓棠著；余太山编.—北京：商务印书馆，2013
ISBN 978－7－100－09947－9

Ⅰ.①孙… Ⅱ.①孙… ②余… Ⅲ.①诗集－中国－当代 Ⅳ.①I227

中国版本图书馆CIP数据核字(2013)第094107号

所有权利保留。

未经许可，不得以任何方式使用。

孙毓棠诗集

孙毓棠　著
余太山　编

商　务　印　书　馆　出　版
（北京王府井大街36号　邮政编码 100710）
商　务　印　书　馆　发　行
三河市尚艺印装有限公司印刷
ISBN 978－7－100－09947－9

2013年9月第1版	开本 880×1230　1/32
2013年9月北京第1次印刷	印张 12 5/8

定价：40.00元

1923年在天津南开中学

1933年毕业于清华大学

1939年在昆明西南联大。其中：右一闻一多，右二孙毓棠，右三凤子

1943 年在昆明

1946 年在英国牛津大学皇后学院

约 1948 年照

约 1947 年在英国牛津大学

1959 年在香山植物园劳动

1981年在北京

晚年的孙毓棠

渔夫

清早上我必拿钓竿，
想一尝绿海的风速。
钓无着。又撒开麻网，
但网石位鲜红珊瑚简。

连日月常是长着海，
吃了他奇怪我愚庸。
我不听！我不信！真到
海上捲起了风暴。

戴渔又我别进黑夜，
想又捞水中的明月
和月边千万点盏金——
眼东天又吐出了光明！

海上捲起了风暴，
我自然主怒色喜孤蔑。
撒开网，"你别笑我风！
我会着凉要网尽雨声！"

毓棠 一九八一、二、二十。

秋燈

秋燈之光之海，是月明的汪洋。我孤獨坐在一片此水上。冥想似洗煙長繞於此水無趣的清澄上。

拿夜露的滴声當酒，拿静与梦和梦的空笼当酒。聊中有青山流水。化作一粒水明珠滴落在秋燈裏。

序

卞之琳

文化能人,即席致词,挥毫题句,易似反掌,我这个笨伯从不敢企及。不幸逢葬丧时际,义当作唁词,写挽联,在我就难上加难,正因为哀思萦怀,无可奈何,一时更不知如何出口,如何下笔。如今同辈旧友孙毓棠(1911—1985)新故,多亏其家属与弟子辑其遗诗成集,辱承索序,情谊难却,只因自己老而犹在,手不随心,头脑发僵,浮想杂陈,苦思多日,仍理不出条理,结果仍难避啰嗦,照例又发发怪论。

一

　　一个人少小结上了文学因缘，在一般场合，当然不是坏事，而从事文学创作，尤其是写诗，中外皆然，由来已久，至少在开头，总不能靠这个营生过日子，我看倒是好事。

　　诗创作而成为专业，非其他行当可比，实犹似出家修道，自绝于红尘，本来不值得羡慕。文学创作，尤其是诗创作，感、见、识，应是尽可能广一点，深一点，可否说是人生海洋中来的艺术结晶？老话说"靠山吃山，靠水吃水"，如今实践证明还是行之有效。无米而炊，巧妇却也会拿不出饭食。水变不成葡萄酒，照基督教《圣经》里说的，"奇迹"就徒托空言，除非说蒸馏水别有奇效，不同一般。想到各自的正业，我虽然悔之已晚，却还羡慕人家生前没有自陷于文学研究这一项实际上不利于文学创作的行当。孙毓棠是史学家，在史学研究方面作出了扎扎实实的不小贡献，只是行有余力，则以学文，写过诗，用他自己话说（见三十年代生活书店出版的《我与文学》一书中所收他的一篇自述）是"客串"。而对待这种业余小玩意儿，他也就在那里说，"思想和情绪经过艺术的雕镂、锻炼才能给你最大的'痛快'"，也还说这里"蕴藏着一个真实的自己"。

　　据说他临终表示不在乎后人费心编集他的学术遗著，倒是希冀有人照顾一下他的旧日诗作。史学家而最后关怀自己的文学创作，可见他生前如何认真对待了他的业余诗作，在这方面倾注了多少心血。

二

文如其人，人如其文，似乎也不乏例外。毓棠为人，如大家所见，温文尔雅，平易近人，既有西方所谓古典诗派的节制，又有中国所谓蕴藉诗派的涵养，不急不躁，冷静，稳重。作为诗家，他却像另一个人。他笔下字里行间倨傲不驯，不时涌现失落的迷惘，阴沉的郁积，凝重的色彩，强烈的激情，浩瀚的势气，随处可见"冰山"、"大漠"、"死海"、"黑冰洋"、"乱峰"、"枯石"、"罡风"、"暴雨"、"海盗"、"野狗"、"狐狸"、"铁锁"、"皮鞭"、"硬弩"、"戈矛"、"啃尸骨"、"撕人皮"、"燃烧"、"涤罪"、"劫掠"、"屠杀"、"哭泣"、"哽噎"等等。字眼与意象是如此。诗句也以长行、超长行、排比、堆叠之类占压倒地位。初期也是典型的诗篇《老马》全部诗行都有这么长，这么堆砌：

我厌了 | 太阳， | | 厌了 | 月亮 | ，厌了 | 群星在 | 宇宙里 | 转；
这苍老的 | 世界， | | 苍老的 | 黄昏， | | 再 | 值不得 | 我留恋。
我含着 | 眼泪 | 想回家， | 这该 | 正是我 | 回家的 | 时候，
背着这 | 两筐铁， | | 一袋子 | 沙， | | 满胸的 | 失望 | 和忧愁。

行中基本节奏单位（顿、拍）划号是我加的。全诗四节都是一样长（按字数算），往往多到七八个单位（按顿、拍算）。这也不是孤例。统观孙早期诗风，从语言、格调说，总不脱《新月》同人方块诗正宗的框框，包括（和特别是）闻一多《死水》一集中《死水》一诗以前的篇什、朱湘少作《夏天》集以后和边缘人物梁宗岱少作《晚祷》集以后的诗作，后来解脱了，却没有采用闻一多"音尺"说、孙大雨"音组"说、陆志韦"诗拍"说，及以后从其中发展出来的"顿、拍"说，也不理会陆、闻等注意押阴韵的讲究（例如：陆诗"影子"叶"亭子"、"醒了"叶"定了"；闻诗"白干儿"叶"谈天儿"、"神儿"叶"准儿"），而一贯以重音单字押脚韵（例如："绝望的鸟"、"在浪里敲"），始终符合这一流派的方玮德、陈梦家等的新正宗或嫡系的习惯，而这种超长行在这派正宗或嫡系的诗作中也属少见。这样用长行写诗，能否适应按中国现代说话规律写格律新诗的基本要求，是另外一回事，这里无可否认有气贯长虹的风貌，这里也许正是闪露了他"真实的自己"。

三

论气势、论词藻，孙毓棠较早的代表作《海盗船》，即使诗行较短，基本上一刀切齐而用双行一韵（随韵），也是如此，例如开头几行：

> 今晚黑水洋上起了风暴，〔A〕
> 听，沉重的桨声在浪里敲！〔A〕
> 满天浓云锁成这黑的夜，〔B〕
> 飙风紧扫着弥空的大雪，〔B〕
> 夹着急雨，鹅卵大的冰雹，〔C〕
> 拍怒了海上疯癫了的波涛；〔C〕
> 黑的浪山压着黑的浪谷，〔D〕
> 湿风噎着海不住的号哭。〔D〕

较后更是代表作的八百行叙事诗《宝马》，模仿西方不押脚韵（素体或白体）史诗，不再讲究把诗行一刀切齐，而也不采用"音组"、"顿"、"拍"安排，更是如此。举几行为例：

> 向西去！曲折蜿蜒这几十里大军
> 像一条大花蛇长长地爬上了荒漠，
> 白亮亮戈矛的钢刃闪耀着鳞光，
> 是鳞上添花纹，那戈矛间翻动的
> 五彩旌旗的浪。听铜笳一声声

扭抖着铜舌，战鼓冬冬冬敲落下
　　钢钉的骤雨；驼吼，驴嘶，牝骡的长嗥；
　　前军的呼啸应着后军的吆喝；
　　半空里抖着萧萧的怒马的悲鸣，
　　和马蹄得得得像杂乱的冰河上
　　敲碎了雹子点。这一片喧嚣里又
　　滚着隆隆的沉闷的涩雷，那干沙上
　　头交尾毂交毂是一串串轮轴的粗吼，
　　战鼓冬冬冬撼着大漠，笳声奔上天，
　　托着层层铙歌，像怒海上罡风的叫啸。

　　孙毓棠受闻一多影响显然最深，俨然像实现了闻一多似曾想写古题材长诗的部分愿望。这位长辈诗家，特别到晚期，却正是文如其人。外冷内热，却也不止是孙毓棠一个人的本色。三十年代前期，有幸亦不幸得上大学读书机缘的青年，说是非进步青年也可以，受学院教养，非不忧时，可能视野不广，认识不深，亦非偷生怕死，甘于浑浑噩噩，只因感到以行动介入政治既不见立竿见影，亦无能为力的，自也大有人在。爱国心、正义感，却总是中国历来有良知良心的正派文士举世无比的可贵传统，迄未曾有所衰落。其中有些人寄情书本卷帙、骨董文物、风花雪月、山水草木、儿女悲欢、闺怨离愁，间或发而为诗，也不见得就表现了颓废、自暴自弃、眷恋象牙塔，也总是不满社会世态的折光反映。欧美文学史上的许多大家，也不见得都有更直接的口头或字面反应。而中国现代史证明，绝大多数知识分子说是处在中间状态，可以，和当时反动统治沾边，却几乎极无仅有。而孙毓棠晚年自谈《宝马》的创作（见香港昭明出版社一九八〇年出版的彦火著《当代中国作家风貌》），就说：

> 一九三六年，国内是腐朽、昏聩、荒淫；国外则面对着一个军国主义恶魔的血口，大难即将来临；我这个一心想读历史的小孩子，愁肠中结，思绪万千。缅怀古代两千年前，我们是一个多么光荣、伟大而有志气的民族，匈奴的统治者一时蛮横、欺侮我们，我们就把它打退到漠北几千里外。西边的大宛国蔑视我们，我们去以礼相酬，通使馈赠，它却对我们备加侮辱，那我们就要跨流沙、越葱岭，给他个教训。……那时看到这些，感到这些，我心里是悲愤而混乱的。打开案头书，阅读两千余年前司马迁的《史记·大宛列传》，让我怀念我们祖先坚强勇猛，刚正果毅的精神和气魄，在我年轻的心中，热血是沸腾的。因此，我写了这篇《宝马》。

这些说法，也难免带了后日不自觉习用的套话，虽然如此，虽然诗里也有唐朝一些边塞名诗所表现的感情矛盾,这里所说,基本上应是实情。他在一九五七年受冤后默默工作了二十多年才说出这番话,而这个冤案倒也正好至少是提供了他绝非一贯不关心政治和邦国前途的反证。

事过境迁,回头读诸家过去经过时间考验的一些新诗创作,尽管表面上并没有贴过进步标签的,不由人不承认它们不见得就都是消极的,与时代脱节甚至背道而驰,起了消极作用的,何况孙毓棠这样内燃式写诗的产品。这种事实应也可以促使我们的诗论家认真思考。

四

不同行业总也给业余文学创作多少带来了不同特色。孙毓棠要不是汉史专家,就不会写出他的《宝马》一类的代表诗作。不是在这方面有研究的也就写不出这样的诗句:"……宛王毋寡散着红须,/在贵山城建筑起辉煌的宫殿,/玳瑁镶的王冠绿得像他的眼睛,/御苑里的红芍药像他心头的想望。他爱条支的眩眼戏,身毒的大珍珠,/他爱大秦安息的美人和孔雀,他爱/于阗紫玉的透明,爱乌孙雕弓/能射呼揭的铁箭。他爱他堂前/群群赤着身的女人披起沙縠和冰纨/躺在罽宾的花毡上鱼样的笑。""……他叫各地官司分苑来牧养,/佩上金镫和花鞍,他唤他们作/骐骥骆骊骅骝和骆骍。"这里一片五光十色,

目录

卷一　梦乡曲

序曲 / 2

正曲 / 2

尾曲 / 34

卷二　海盗船

老马 / 38

北极 / 39

死海 / 39

回家 / 41

海盗船 / 41

乌黎将军 / 43

城 / 44

河 / 48

洪水 / 51

野狗 / 54

涤罪 / 56

夏 / 58

劫掠 / 59

舞 / 61

我回来了 / 62

阳春有梅雨 / 63

诉 / 64

蝙蝠 / 65

船 / 65

灯 / 66

吐谷图王 / 66

我失落了些什么 / 68

踏着沙沙的落叶 / 69

送 / 71

秋暮 / 73

清晨 / 75

拒绝 / 76

残春 / 77

忙 / 78

东风 / 79

诔 / 82

云 / 83

奔 / 85
落花 / 88

怨 / 90
婚夕 / 92

卷三　宝马

宝马 / 96

卷四　秋灯

青春者的梦 / 134
请再进一杯酒吧，朋友 / 138
沉船 / 139
我离不开你 / 143
船头 / 146
诗五首 / 147
　结束 / 147
　歌儿 / 148
　秘密 / 149
　舟子 / 150
　仙笛 / 151
写照 / 153
诗五首 / 160
　SHELLEY / 160
　山中 / 160
　双翼 / 162
　记忆 / 164

如果 / 165
中华 / 166
寄 / 169
月 / 173
木舟 / 174
工作 / 176
经典 / 177
铃声 / 179
安闲 / 181
小径 / 182
呼声 / 183
回音 / 185
春之恋歌（一）/ 186
春之恋歌（二）/ 188
流思 / 189
睡孩 / 198
迟月 / 199

玫瑰 / 199
东村女儿 / 200
玫瑰姑娘 / 201
橹歌 / 202
地狱 / 205
啊,我的人民 / 206
春山小诗 / 208
卖酒的 / 211
暴风雨 / 214
秋灯 / 215
萤 / 216
四行诗二首 / 216
 别 / 216
 赠 / 217
四行诗三首 / 217
 感 / 217
 黄昏星 / 217

镜子 / 218
人 / 218
 梦语 / 218
 醒语 / 223
断章(自语) / 223
诗二首 / 225
 家书 / 225
 思乡 / 226
诔 / 226
盲 / 228
月夜 / 229
明湖商籁十六首 / 230
农夫 / 239
诗三首 / 246
 渔夫 / 246
 山溪 / 247
 北行 / 250

附卷一　译诗

鲛人之歌 / 254
他们告诉我 / 261
声音 / 262
鲛女 / 264
忆 / 265

银便士 / 266
海涅情诗短曲 / 268
归乡 / 279
德拉迈尔诗选译 / 280
鲁拜集 / 289

XV

附卷二　诗序
《海盗船》序 / 322
我怎样写《宝马》/ 324

附卷三　散文诗和散文
死的鸟 / 332
海 / 336

附卷四　诗论
旧诗与新诗的节奏问题 / 350
谈"抗战诗" / 370

《宝马与渔夫——孙毓棠诗集》编后记（余太山）/ 379
《孙毓棠诗集》编后记（余太山）/ 385

卷一 梦乡曲

序曲

窗外秋风吹着秋雨淅沥,
这凄凉的夜为何这般沉寂?
心境恍惚惚迷迷幻影依稀。

我就桌边移过半枝蜡烛,
烛光昏昏,我双手支着头颅,
呆望烛火思索着人生的路途。

合目隐隐约约朦胧欲睡,
眼前沉沉像对着斜阳西坠,
渺茫茫似设身在山林深邃。

正曲

沉沉晚钟传遍了黄昏的沉寂,
蒙蒙暮霭笼罩成暮色的迷离,
遍山遍谷散布着丁香馥郁。

我孤独地慢步春山之路,

傍着山溪穿一片梦样的桃坞，
足下无意地踏过落花无数。

灰紫色的群山渐渐安排着入了睡乡，
云影横空，也不见圆月东上，
淡淡心情也随了丛林画入渺茫。

步出桃坞又转过一湾山角，
穿林越水依旧是苍茫古道，
迷濛中也不知踏过几处溪桥。

暮色愈深，丛林愈深，
暮色丛林把眼前化成一片阴森，
左湾右转再辨不出归家的途径。

远远处仿佛是一星灯火，
心想这时光还有山农在此经过？
灯火渐移，引起我满胸的疑惑。

我急步向着那灯火紧追，
丛林里我四周已是一片昏黑，
灯火左转右移我足步也左旋右斜。

呵！这星星灯火像是故意引逗，
十步百步随他转还是十步百步在后，
崎岖逶迤转瞬又到了丛林尽头。

丛林尽头陡起一带峰峦，
灯火转过峰峦倏忽不见，
仰首松风满山，低首是涛涛古涧。

猛抬头是一座参天的石门，
石柱宏伟像是双峰插云。
我心疑这莫非是什么神祇的宫庭？

我轻轻走到柱旁悄悄向门中展望：
巍峨峥嵘是一带重峦叠嶂，
遍山松森如烟，天风浪浪。

石门半掩也有千百尺高，
楣头渺茫有些字迹看不明瞭，
遥遥山麓下仿佛仍有灯光映照。

这景象使我心中充满了狐疑。

阴森森地这莫非是什么魔窟鬼蜮？
忆起方才的灯火是故意引我失迷？

依稀想起太白不是沉入龙宫？
游过地狱天堂的有不朽的但丁，
这境界莫非也会有什么异遇奇逢？

静静一缕茉莉花香悠悠地荡过，
我收住足步不禁又神驰意惑。
遥遥处小小的灯光又在门前闪烁。

我轻轻地，轻轻地，慢慢挨进了石门。
呵！这是什么世界？月色这样清新？
月光下远近山峦云树织成一片银纹。

四面花香是什么香醇这样醉人？
悠悠的轻风把雾霭烟云披满了山林。
寂寥沉沉好似听得出寂寥的步声。

足下寻不出路途，觅不着曲径，
只满地野花绣成什锦的云痕，
我心中忐忑，缓缓依着山坡前进。

傍清溪过一重山坡又是一重山坡，
左转右湾一重重新鲜的景色，
月影花香朦胧胧心境微酡。

呵？何处这一缕笛声悠扬？
顺溪流传来使我心神骀荡，
像春雨滴滴滴入碧水池塘。

我急步循着溪流走，走，
转瞬已到了溪流的尽头，
仰首百丈飞瀑展开万匹银绸。

隔溪飞瀑近处立着一个丽人，
依稀像是披着一件白衣玲珑，
托笛慢吹，面容却看不分明。

我正想举足涉过这湍湍的清溪，
她回头听见我足步的声息，
我停足心中突突，她却毫不惊异。

她开口——像是紫燕的歌声——

"哥儿，那儿行？你是什么人？"
我有些惶悚，不知应该如何答应。

她抖衣跃过清溪，像一只鸽儿飞，
转眼已在我身前，鹅颈微垂，
她低一低眉头又问我是谁。

我恭敬回答："我家居就在谷底村旁，
暮色中孤独地迷路在这阴森的山上，
一盏红灯引我入石门到了这个地方。"

她微笑静听，我大胆开口发问：
"请问姑娘，这里到底是什么仙境？
月影花香这样使人迷迷若梦？"

好像是行礼，她又低一低眉回答：
"你入门时未曾见门楣上的字样？
这诗样的田园就叫做梦乡。

梦乡的田园本接近着尘寰：
你们的世界只剩有杀戮和摧残，
充满的是苦恼，冷酷，失望和欺骗。

你看那远处双峰石门本开向人间，
可是人间黑濛濛拉遍了罪恶的火焰，
久已忘掉这梦乡还有个灵慧的田园。

这梦乡只有美，只有快乐，青春和自由，
这里永远寻不到苦恼，找不到悲愁，
花没有老，树没有枯，春光吮啜着永久。

你看东方那高山是灵慧之峰，
峰腰灯火丛处是我们的花庭，
那里昼夜是花雨缤纷云雀歌声。

今夜中宵正巧我们有百花节。
邀你同来把新花奉与清圆的月，
莫待出了梦乡又去歌水流花谢。"

"呵！姑娘，我虽然已为尘寰污染，
我的心也刻刻在想望梦乡的田园，
我这俗身也能否常留在此间？"

她低头托着腮思索了半晌，

"你既能迷路到此间已是有缘,
你随我来,先一饮不老的泉。"

她抖衣先进,像一只鸽儿飞,
我随着她足迹气喘喘地紧追,
仰首月光愈朗,又是一重仙界。

烟迷迷,雾濛濛,前面一带竹林,
穿竹林照得满身阑干月影,
静悄悄又拂耳一曲呜咽的泉声。

转过石屏她猛停足在竹林中心,
低头潺潺一束寒泉清冷,
喋喋水波在月下簸荡着银锦鳞鳞。

那泉头汨汨流出于丛石之间,
芝兰开遍像一群守夜的花仙,
她低一低眉,"这就是不老之泉。"

她叫我靠近了丛石低下头,
用手拨开水草再饮那溪流,
"这清泉就是梦乡青春之薮。"

我的手一拨藻荇已觉全身冷冽,
泉流触到舌尖已凉徹心脾,
饮两口我身心化入无涯的甜蜜。

波面清晰地映出我的容颜:
呵!天!这是谁?谁这样丰姿翩翩?
洗去满面风尘皱皱,又是青春少年。

我跳起身掠一掠发遍体轻松,
像闷暑后猛听得一阵莺鸣,
扬手举步,肘边足下吹遍了春风。

呵!此生今日才打开了心窗,
久塞的胸怀此时才知道豁朗,
想不到这浊身中也发现了天堂。

"这泉水可以洗尽一切烦恼的胚胎,
这泉水可以留得你青春永在,
这泉水可以温润你胸中灵慧的花开。

但是你究竟是从人世间来,

有一株魔蕊在你心宫深处藏埋，
这泉水洗不掉的就是这恋爱。

恋爱在你心中可以开菩成蕾，
在梦乡你得用灵慧来慢慢栽培，
叫他化入性灵才可脱人世之累。"

我心中牢记随她离了这清泉，
穿竹林仍慢寻原路回还，
穹空蔚蓝，银月光银霰满天。

我一惊，树后猛转出两个人影，
那高些的手中提着一盏红灯，
遥遥呼一声"姐姐"，她连忙答应。

我心想这正是那红灯在山中把我引带，
那提灯的向她高声问候，走近前来，
仔细看是活泼泼两个短衣男孩。

"姐姐，方才我们领了美丽女皇的命，
到山角下，有一个浊人要我们接迎，
我们只顾嬉笑，却不见了他的踪影。"

我听他说，心中充满了惭愧，
又悔恨在人世的交游都是些俗鬼？
我又纳罕不知美丽女皇究竟是谁？

她笑指着我说："这就是他。"
他俩走向前看着我十分惊讶，
她说，"我们刚从不老泉的石岩转下。"

他俩听说高兴地围着我舞蹈，
一个亲我的手，一个抱我的腰。
"那里花节已开让我们循山快跑。"

我随他们跑，轻飘飘像在空中飞，
顾不及看山林，只觉花香扑面微醉。
随地拾起，她递给我一枝粉白的蔷薇。

灵慧峰麓渐渐近在眼前，
左右丛丛花树渺茫茫向后移转，
天海正中高悬着晶莹的月盘。

他们足步渐缓我足步也随着渐迟，

香愈浓，才辨出四周满是花枝，
烛光闪烁，"呵！这正是献花时！"

前面已是一架紫藤的花坊，
两旁丛丛玫瑰做成了花墙，
里面已丝乐琮琤，钟盘琳琅。

两个短衣男孩先提灯跑进了花门，
她叫我暂立在这紫荆荫处静等。
我连忙理一理衣裳，镇一镇心神。

不一刻，乐声停止，花门大开，
一排提着兰灯出来了四个女孩，
满身红衣，头上也束着艳红的绸带。

又一排青衣男孩也提着四盏兰灯，
一排排青男红女都手提着灯檠，
最后才听见笑语杂拥着辘辘车声。

车轮停步，遥遥傍着花墙，
驾车的是十几只雪样的羔羊，
围绕着车旁的是数不尽婀娜的女郎。

那白衣的姑娘慢步到这紫荆荫处,
"哥儿,请你到车前去见美之花后,
就是她命那红灯儿指与你路途。"

我连忙镇静心神随着她慢走,
穿过对对兰灯好半天才到了车首,
我惶悚静立,也不敢抬头。

像云天高处一声云雀声唤,
又像静沉沉中檐前几句燕语呢喃,
芍药车中发问,我耳旁似莺声杂乱。

拂面一阵悠悠异样的芳香,
扑潄潄到眼前像闪过一片黄莺的翅膀,
她一笑牵着我的手,"我是美丽女皇。"

我惊骇抬头,像失落了心魂,
静静地立着女皇,金衣满身,
她看我痴呆,两腮陡起一团红润。

呵!那腮边,那腮边是怎样的润红!

那双眼比午夜银星还要晶莹!
那笑口,那梨涡,像梅瓣晓露含情。

呵!那一双,那一双温润的眉!
眉梢扫满了醉人的春晖。
黑蓬蓬流瀑似的柔发在两肩低垂。

她牵着我的手吩咐叫转车,
红女青男舞起兰灯光雨婆娑,
笑语歌声慢慢都从花门穿过。

她开口静沉沉像低低鸟鸣清脆,
 "我们正等你来同贺这百花节,
你看那天门上是多么清圆的月!"

我心中突突随着走不敢回答,
满眼艳红已走到这杏林之下,
地上银鸽乱飞,空中是香雨飘花。

中间金光闪烁的幕盖是几列葵黄,
葵黄下是一架嫣红姹紫的花床,
满杏林枝头燃遍了耀灿的烛光。

当中有一双梅麕衔着玉盘,
女郎们都静静地捧起了花环,
她牵着我的手一直走到床前。

她拉我并肩坐下低声向我诉说:
"万万年前天神用金簪划成了银河,
月姐姐每日忧愁无法把银河渡过。

月姐愁瘦了面庞受不了星儿们讥诮,
为了人间请天神速搭一道浮桥,
天神说这必需要梦乡姊妹们勤劳。

月姐禀告梦乡有一天是百花开遍的时光,
愿每年请梦乡姊妹向天神把新花奉上,
天神笑应跨银河西南筑成一道桥梁。

月姐答应梦乡以夜夜清圆的月,
我们也每年今日有这百花节,
不比污浊的人世还有什着阴晴圆缺!

你看半空月姐微笑,清光满天,

姊妹们献花吧,这正是时间!"
悠悠乐声又起,女郎们都欢歌着舞动花环。

女郎们的足步愈舞愈急,
一个个持花环飘长袖舞起了裙裾,
花雨缤纷,满地银鸽也穿人丛飞起。

愈舞空中飞花愈乱,地下落花愈深,
转瞬间各色花瓣已扑了我满怀满身,
乐声戛止,花雨静飘飘舞步骤停。

女皇徐起,两手捧起百花之环,
安安稳稳放入梅麋托着的玉盘,
恭敬地低一低眉头静立在盘前。

林下慢慢吹起笛声悠扬,
女皇仰首向圆月低声缓唱,
我心神溶溶地网入了歌声漾漾。

结尾,女皇舞一旋歌声飞上九天,
乐止歌停四面空谷回声犹冉冉耳边。
像一群白鹭,女郎们又歌舞起忻欢。

女郎们渐舞渐近团团围住了我,
"我们要请新来的哥儿唱一出歌!
我们要请新来的哥儿唱一出歌!"

女皇俯首,叫我不要心惊,
我壮起胆低声唱了一曲月明,
她们高兴得把花环都抛起在空中。

不一刻女皇扬手发令——
"大家结队趁着这清风,
插翅高高飞上那灵慧峰顶!"

梦乡的人们都云一样扑入杏林,
一个个披起雪白的羽翼预备凌云,
女皇一声令都扑潊潊向着峰头飞进。

一群群女郎抖翅在空中任意翱翔,
月光下遍空织满了银白的翅膀,
飞飞飞,渐远渐遥直向穹苍。

她们飞呀飞,我只顾仰头痴看,

女皇慢步过来轻抚着我的肩，
　"叫我把这银翅也披在你肩臂两边。"

我展展翅只觉全身轻过飞蛾，
略振一振已从杏林梢头飘过。
我趁清风飞两旋心中充满了快乐。

女皇牵着我的手，"你随我快飞！"
飘飘只渺茫茫见足下山峦崔巍，
黯沉沉两耳风声，身侧重重流云叠坠。

远望巍峨嶙峋是灵慧山头，
倏忽间脚底绿草茸茸已立在峰首，
远近银白的翅膀都各自去遨游。

这峰头更眩目一丛丛开遍了山花，
我们向花丛找一块青石并肩坐下，
仰首晶莹月轮也渐渐西斜。

女皇解去金衣放弃了面容的庄严，
柔发飘飘斜倚着我的肩，
群峰在四周低首向遥远的云天，

她懒洋洋有些困倦抚摸着我的手指,
低声给我慢慢讲这灵峰的故事,
月渐西沉,山头寂静无声花影迟迟。

她向我低声说诉:"已不知多少年前,
天神在此地筑成这灵慧之山,
峰峦峻峥高高耸入云天。

这山峰在人世间也能够看到,
世间不知多少人们望灵峰追求到老,
只尘寰魔障累累莫不叹路远途遥。

尘寰从来没有人独据慧心,
肯刻苦孤身跋涉为自我的性灵,
来这自由的山头还成本真!

多少年人们只以这灵峰是一团幻像,
都说这不过是人生的云山渺茫,
风尘仆仆渐把这灵峰早已遗忘。

人们不来这灵峰反成了梦乡的乐土,

这里尝得到美与青春，留得住永久，
你有缘今宵居然能来到这山头。"

我心中喜悦，把她的话深思默想：
在人世随波逐流想不到还有这天堂，
今后我要永远在这山头花下独自徜徉。

我看她两眼微合，已有倦意，
我说："让我们今宵就这样相偎着休息。"
她笑笑，歪头倚入我怀中悠悠睡去。

她倚在我怀中像月下娇羞的睡莲，
像隔雾的蔷薇，像雨后倦依依的玉簪，
世上那里有这样娇柔美丽的容颜！

我也觉着有一些倦眼昏沉，
仰首西天仍斜挂着秋水似的月轮，
一夜来梦样的忻欢犹在心头憧憬。

呵！月光！我来世上至今已二十年，
颠沛流离脚下也踏遍塞北江南，
生死悲愁心中渐揉成解不破的迷团。

我常苦胸中甩不开人生的悲愁！
千斤的担负压着背，铁链锁着咽喉。
那有一天收得了酸泪，解得开眉头？

我只说人世上是再没有了希望，
要云雀似的飘飘也不过是个幻想，
谁知今日也能在这峰顶翩羽翱翔！

但这欢忻中渐渐又引出异样的悲哀，
像一团沙石塞上了我的胸怀，
怎么这美妙的田园里有不得恋爱？

她安静地睡在我怀中，我不敢向她看，
忍不住默默闭目寻思着她的容颜，
心中怔忡，两个疑团开始交战。

也许，也许我至今还放不下尘心？
闭目寻思怎么她的面貌那样逼真？
呵！她的笑，她的眉，她的殷勤！

她的笑她的眉……我心中束不住的怦怦，

我紧闭着目，口中轻呼着"性灵，性灵！"
春风荡荡，怎的她面容只在我脑底憧憧？

不要想！今宵好容易才飞到这山上，
以后这山崖便是我永久的家乡！
怎的打不去？那姿容绕得我心神慌慌！

不！要冷静地，冷静地埋熄这情火！
我更紧闭着眼，忘了她！忘了她！
莫教这心胸再填入异样的鬼魔！

愈辗转寻思，爱火愈故意的烧，
怎的？怎的只觉得这样心焦神燥？
张目月已衔山，峰岚都静静悄悄。

她睡在我怀中像一枝沉醉的桃花，
袖中悠悠一缕异香轻扑我眉下。
暗暗端详我忍不住低低吻她的柔发。

呵！那轻柔，那不介意，那天真，
她慢启双眸，微笑略开朱唇，
　"哥儿，快睡吧，看夜色已深！"

呵！那可爱的醉人的秋水似的双眸！
不！我思想这样混浊！这样污朽！
我连忙镇静心神闭目把眉头紧皱。

她握着我的手依旧静静沉睡，
重重想象叠上心来像憧憧鬼魅，
山影阴森，我不禁神伤泪坠。

我颓然依靠着青石呆想：
怀中是这样一个春花似的面庞，
呵！我设身是在这灵慧的山上！

迷迷我怎忘不掉这玫瑰的口春晖的眉？
迷迷地，呵！再莫向罪恶的涧中投坠！
思潮重重乱涌，渐迷迷昏沉若寐。

昏沉沉已不知多少时间倚在花下，
猛一阵鸟鸣在耳边唧唧喳喳，
张眼彻谷晓风满天橙紫的云霞。

看四周仍是昨夜的花床，昨夜的杏林，

不知什么时间离了那灵慧峰顶。
晓露莹莹满枝望不断是织锦堆云。

金光闪闪一大队黄莺直扑林梢,
东一群西一群唧喳乱噪,
扑地一声似一片金粉又飞过溪桥。

那一阵莺声啭啭犹在对面桃坞,
脑后又一阵鸣声野鹊挟着珍珠,
这一阵更清脆更嘹喨落满蘅芜。

嘎一声长鸣直耸入云天,
掠过天边晓云是一行芦雁;
随着耳边枝头又一阵燕语呢喃。

细听燕语后隐隐还有异样鸟声,
在林端？在谷后？这不像夜莺,
呵！隔花枝一天灰白的云雀织满了晴空。

谷底枝头远近也辨不出还有多少鸟声嘹乱。
一阵风过我眼前猛银白的一闪,
扑翅是十几只雪鸽落在我床边。

我抚弄着鸽儿听不到一点人声，
充耳的鸟鸣和着远近溪流琤琤，
鸟语花香，我心头似浅醉微醒。

耳后轻轻地柔柔地又像一声鸟语，
又不像，鸟语那有这样地低缓纤徐？
满林眩目鸟飞也辨不出这一声究在何处。

停一刻轻轻的柔柔的又似一声呼唤，
我胡疑心想这鸟语也许就在杏林左面，
回头，呵！女皇抖衣微笑扑向我怀间。

她穿着一件淡粉色的晨衣，
发间左右插两朵深紫的荼蘼，
一举一笑比月下更觉得妩媚旖旎。

"我唤你两声你为何不答言？"
"这清晨我耳边只有鸟声杂乱，
我听不出，把你的呼声当作了杜鹃。"

她斜倚在我怀中紧握着我的手。

我说:"是什么时刻我离了那峰首?"
她笑,我也笑,我笑望她,她笑笑低下头。

"我醒时你还在沉沉酣睡,
趁星光托着你往这杏林里飞,
这里露不冷,又没有天风紧吹。

姊妹哥儿们都已群向那方,
都去那湖滨沐浴,"她遥指那山旁,
"我们都已拢过了发换过了晨妆。

不去扰他们,你且先随我来。"
她牵着我的衣角转过几株黄槐,
潺潺一束清泉,泉侧满的是紫芝花开。

我就着清泉随便洗一洗手,
她递来一个黄橙叫我润润舌喉,
我们并肩携手傍着溪流慢走。

傍溪慢走,她的头斜倚着我的肩,
柳荫渐深渐浓,满地野花开遍,
昨夜的思潮又憧憧在心头转旋。

她蹲身拾起一枝玫瑰插上我胸襟，
呵！她的笑，她的眉，她的温存！
那轻柔，那不介意，那一点天真！

我愈看她愈像爱和美的化身，
这艳丽的蛛丝重重缠上了我的心，
但我清晰记得："爱要培栽化入性灵！"

我歪头亲着她的柔发慢慢前行，
她倚着我的肩低低笑语轻盈，
我好似听到她的甜蜜滴入我心湖的音声。

静静的，静静的，是我们的步履，
轻轻地，轻轻地，踏过落花几许，
满溪岸，满柳荫，是花香鸟语。

我们手牵手，手牵手，傍着这流溪，
一步步，一步步，追随花岸依依，
相倚着，相偎着，我心头情思昏迷迷。

前面渐湾转，渐转湾，是柳荫尽头，

湖光凝碧,远远隔岸似一群雪白的沙鸥,
姊妹哥儿们犹在拍波打水东泳西游。

我们从湖边又一步步转上山坡,
这里更阴森打头数不尽多少花果,
路愈邃,草愈深,满地野花愈多。

她紧靠着我,"你把人间的故事说一两起!"
我说,"人世间除了烦恼再没有什么希异。"
"我知道,可是人世间就没有一点一滴甜蜜?"

她这话正正打动了我的心,
我已忍不住胸中美的火烧起了爱情,
我抚着她的肩更向我怀中抱紧。

我踌躇着慢吞吞向她述陈:
"人世海角百五十年前有一位诗人,
劳苦一生写成一篇不朽的作品。

这作品至今已传遍了人间——"
我说至此,低头向她眉角观看,
心头怦怦像把罪恶种入了这梦乡的田园。

她仰首满眼热望要我继续,
　"这作品记的是一出人生的悲剧,
曾有多少人间热泪浸透了这一纸人间曲。

这故事是说一个白发苍苍的老人,
腹中充满了世间的智识尚留得一点天真,
人生的魔难使他对赤心发生了疑问。

多少经籍解不开他满腹的积愁,
放弃了上帝,信仰,灵慧和自由,
与魔鬼携了手涉山河到处遨游。

魔鬼指示了他人生一切沧桑,
他未曾把任何享乐放在心上,
最后他们遨游到一个小小的农庄。

农庄间遇到一个美丽的女郎,
他一缕爱情便萦绕在她身旁,
他童心第一次尝到情爱的悲伤。

情丝渐缀成网,情网网住了两个灵魂,

他和她携手就同向情海里沉沦，
缠绵恩爱把两颗心结成了一颗心。

从此他永远忘不了她的美貌，
她也永远忘不了他温柔的怀抱，
两颗心就这样筑成了永世的囚牢……"

我说到此心中陡起一阵伤悲，
我翘望披满阳光的灵峰强忍着珠泪，
她立足紧挨着我的胸怀也锁上了双眉。

她说，"你继续着讲，我心中牢记。"
我不敢再诉说，低声在她耳边叹息，
"人世之间还只存着这一点甜蜜。"

"我自幼就在这灵慧的园中生长，
这里没有老，没有愁，不懂得忧伤。
尝尽了甘甜万种，只未曾饮过这爱情的酒浆。"

我心中情波滚滚紧抱着她的双肩，
"梦乡的乐趣如今我也算尝遍，
只因这一丝依恋还舍不得尘寰。

眉，你的美，你的媚已使我心魂陶醉，
我知道这在梦乡是一个无涯的罪孽，
可是，爱箭射出了心弓再不能收回！"

我全身战栗紧紧偎倚着她，
低头深深吻她轻松的柔发，
她静静地沉思，一句话不答。

情热在我胸中像雨暴风狂，
灵峰在眼前渐渐消失了方向。
"爱，为了爱我要抱着你回返我人世的家乡！"

她猛回头，惊讶，惧怕，苍白的面庞，
"哥儿，"她颤声，"我为你，我为你，
我愿抛却这自由，这永久，这空虚的梦乡！

如果，如果人间真有甜蜜的爱之曲蘖，
我愿离了这灵峰，踏向你们的世界！
但是你先告诉我那故事是怎样的完结？"

我双手捧着她的头已泪眼糊糢，

"青春美貌要没有爱就成了虚无!
空空怀抱着灵慧那不是人生的路途!

但人世的甜蜜里都藏着伤悲,
没有伤悲甜蜜也会失了滋味!
那故事结局:她是青春的死,他是终身的泪!"

她张大了瞳眸,锁着眉无限的惊恐,
我颤声,"只有泪和死才留得住不灭的爱情,
就是这一滴甜蜜还润饰着人生!"

她呆立,两眼中汪汪有了泪痕,
我双手紧紧抱住了她的腰身,
低头深深吻着她玫瑰的芳唇。

我深深地,深深地吻着她玫瑰的芳唇,
这深深一吻的迷醉酥化了我的灵魂,
像粉雾拥浓,胸紧叠着胸,心穿透了心……

她,她推开我双臂猛地一抽身——
穿林越溪急急向着灵慧峰麓飞奔,

头也不回倏忽间花丛中消失了踪影。

我背后像陡地刺骨一阵冷风,
顺着方向狂喊狂追,听不到一声回应,
胸中刮乱了五脏,砰砰只有心的崩碎声。

空中乌云一重重紧叠紧挤——
耳边咕隆隆像一声震魄的霹雳!
昏沉沉头顶倒旋坠坠向深深渊底!

尾曲

我从梦中打一个寒噤惊醒,
四壁灰暗犹孤独坐在室中,
昏黄的残烛已燃近了灯檠。

窗外淅沥秋雨依然在飘,
寂寥无声满室静悄悄,
慢寻思,迷离梦影遥遥。

我颓然蘸干墨提起秃笔,

写一行已滚滚泪随笔坠,
"恋爱里容不下性灵,性灵中藏不住恋爱!"

原载《清华周刊》第35卷第8·9期合刊(1931年),第731—758页。此处文字据孙毓棠《梦乡曲》(震东印书馆1931年版)录入。

卷二　海盗船

老马

我背着两筐铁,一袋子沙,在古道的尘埃上走,
跨过一重谷,又绕一重山,有星光照着我的头。
这夜的深,老松的沉默,露水哭着满地的落花;
这长长的,长长的路,不知几时才能引我到家。

盘一重山,又绕一重谷,星光把路引得多么长;
像是悲哀,像是悔,我眼前闪抖着蝙蝠的翅膀。
我缓缓的,缓缓的走,蹄下扬起了古道的灰尘,
沉重是我的担负,我的老,沉重是我疲乏的心。

我厌了太阳,厌了月亮,厌了群星在宇宙里转;
这苍老的世界,苍老的黄昏,再值不得我留恋。
我含着眼泪想回家,这该正是我回家的时候,
背着这两筐铁,一袋子沙,满胸的失望和忧愁。

跨过一重谷,又绕一重山,星光照着我的孤寂,
这夜的深,老松的沉默,枝头挂着露水的哭泣;
这长长的,长长的路,不知几时才能引我到家,
永恒的静,永恒的休息,一堆土在遥远的天涯。

北极

我要的是北极圈,弥空的白雪压盖着冰山,
我要的是千里野云的愁,把墨灰涂满了天。
我愿驮着冷雾飞翔,我已经是一只绝望的鸟,
再忍受不住这生命的火,这一团亘古的燃烧。

我已经是一只绝望的鸟,我要向北极飞翔,
去找死海里的一勺冷水,作我灵魂的食粮;
是我灵魂永久的住家,在冰山顶上筑我的巢,
再忍受不住这生命的火,这一团丑恶的煎熬。

死海

我甘心愿意作一片死海,
　　四周有荒山围我在当中;
荒山只要高,用不着隽秀,
　　好阻挡住东西南北的风。

荒山只要高,能遮住太阳,
　　让昏黑永远蒙盖这海面。

这里也不要星光和月光,
　　更不要鲨鱼,搭巢的海燕;

最好容许我永远的安静,
　　用不着流云留几朵依恋;
不要波澜卷起银光的笑,
　　催促着鸥鸟去迎接春天。

我甘心情愿作一片死海,
　　万物都不来惹我的忧愁;
我也不向万物要求欢喜,
　　同情,安慰——我都不愿接收。

这样我可以享受我自己
　　永久的青春和永久的老;
安静是一卷读不尽的书,
　　帮助我灵魂向天地祈祷。

等铜笛招呼最后的裁判,
　　那时世界不成一个世界;
上帝会点头笑:只有这片
　　可怜的死海算没有罪孽。

回家

海上的狂风扯碎了我的船帆,
海上的荒风撼抖着我的桅杆;
海上的腥风噎着舱对我讲话:
"船夫,不要怕,我会送你回家!"
两耳里黑的浪撞着黑的云乱吼,
我抬头找不到一颗引路的星斗;
在墨漆的罗网里哪能辨东西,
船沉入了海底,又飞到和天齐。
我把住舵轮不知该向哪方转,
谁来指点我哪是海,哪边是天?
我只听咸的风对我笑着讲话:
"船夫,不要怕,我会送你回家!"

海盗船

今晚黑水洋上起了风暴,
听,沉重的桨声在浪里敲!
满天浓云锁成这黑的夜,
飙风紧扫着弥空的大雪,

夹着急雨，鹅卵大的冰雹，
拍怒了海上疯癫了的波涛；
黑的浪山压着黑的浪谷，
湿风噎着海不住的号哭。
蒙着迷濛的雾，模糊的一盏
黝红的灯，像只老牛的眼，
在桅杆上直幌。向了天望，
狠狠的瞪着这夜的猖狂。
插入天的桅杆在波涛里摇，
风钻着帆缝屠杀似的号；
樯头上两三星明灭的火，
船头一声喊："拴紧那篷舵！"
梭一样的船身往浪谷里冲，
崩裂的黑山直倒进船舷，
这大船在涛中像芦叶子转……
是，我们要的就是这样天！
舱底五百名紫铜的水手，
赤了身像一群疯狂的野牛，
铁链锁住腿，皮鞭鞭着背，
把千斤的桨往生命里推。
甲板上一簇簇飞奔的人影，
顶着漆黑的浪和咸的风；

干！不用害怕，也用不着想，
拼着这两臂铁，一身的钢！
舱里的人们和海一样狂，
满腔的血闪动火红的光——
搂住赤裸的女人尽管舞，
有的是醇酒喂你的头颅；
任意抛你的金宝和珠子，
明儿要不是生，总还有个死！
英雄！拔出刀，争你的自由，
不要为公平就低你的头！
别怕今晚黑水洋的波涛，
这世界就永远是个大风暴；
别想着生和死，干！不用说！
看，这疯的海狂的天正等着
      你和我！

乌黎将军

黄昏里萨哈拉卷来了东北风，
杂着人的喊，军笳的叫，和纷乱的马蹄声。
太阳在地面上打抖，红得像堆干血一样；

遮昏了天的黄沙里闪着枪头冷冰冰的光。
挥动几千面鲜红的大旗，是黑云着了火，
听！乌黎将军披着发向狂风唱这出歌：
"兄弟们看，上帝的手正指着西面的天，
让我们吞噬了里比亚，冲锋到麻拉加海边；
直布罗陀血腥的风早在等候你和我，
那里有死，有天堂，天堂永远扑不灭的火；
生命就是一条钢，得用上帝的火来烧！……"
军笳撒野的吹，几千面红旗在荒风里摇。
乌黎将军瞪直了眼睛向天空望，
扬起死灰的脸，听狂风里颤抖着一声唱：
"生命就是一条钢，永远在上帝的火焰里，
等到天堂崩塌了，地狱的火再接着烧你！"

城

不用打探上帝哪一天会裁判这宇宙：
也别管时光怎样弯着苍老的背脊走。
用不着知道满地的黑风向了哪面吹，
黑风把地狱的云轮在你头顶上推；
不要问这高山高插到哪一重天，

这夜紧锁住四周乱峰鬼魅的舌尖，
像海浪，像狼牙，像乱刀挑住了云幕：
我们赤了脚爬上这荒山没有路的路。
拉呀，兄弟们！拉动了枯石，勒住铁索，
不要怕冰冷的山风刮裂你的赤裸，
让胸膛当你的盾，两臂当作你的戈矛，
拉你的枯石，看定你眼前火把的燃烧。
这乱山里千万朵红星就是希望。
拉呀，兄弟们！浓云外自有我们的天堂。
枯涩的干雷绕着乱峰不住的转，
像铁磨磨着云沙，像枯石在枯山上辗，
别怕这枯山割你的脚，枯石压你的肩和背，
兄弟们，把生命往这高山绝顶上推。
勒住铁索，你别怕枯石有千万斤重，
在山巅我们要筑一座亘古的石城。
我们要的不是远古底比斯的巍峨，
千年的石柱萦绕戛纳克的香火；
我们不要红灯缀遍了的巴比伦城；
雅典的葡萄香；耶路撒冷的钟声；
不希望有云石来筑我们的罗马；
伽蓝的金铃摇动佛顶上的云花；
长安回龙的宫阙，奥萨沉碧的海水；

我们不要，不要威尼司茄色的氛围。

我们不要这些凋残了的古老的梦境。
压住我们肩头的是铁样的天穹。
枯涩的干雷绕着乱峰，噎着深谷；
拉呀，让狂风像疯妇披了发去号哭。
干瘪了舌喉，咸汗胶住了胸和背；
这荒山上，秃山上找不到一杯，一勺水，
听不到一丝泉流，浓云不滴一滴雨，
一滴露，像枯石把枯石拽上山头去——
我们像枯石一样的滚；我们像枯石
一样的坚强，支撑住天穹撼不动的意志。
兄弟们，别愁这高山高到千万里，
我们千万颗头颅永久牵连在一起：
我们没有老，没有死，也没有青春，
不知道什么叫肉体，什么叫作灵魂；
把爱情和理性铸成意志的一条钢，
别教时光融化了你铁打的心肠。
我们赤裸了肌骨，顶住迎头剑似的风，
兄弟们，拉呀！我们要筑起一座石城，
一座亘古的石城，在山巅云雾里；
兄弟们，工作完时有的是时间给你休息。

几千年，几万年，我们拉拽着枯石，
我们不是要柏林样垃圾堆满的城池；
莫斯科蛛网的街头上蝼蚁的拥挤；
支加哥的黏腥；巴黎腐肉的淫靡；
我们不要伦敦的喧嚷；纽约城的浓烟，
金钱垒成的巨厦，巨厦指着青天。
我们不想望粉裸的蛆虫在灯里舞；
钢铁的长蛇把灰黑往绿野里涂。

拉呀，兄弟们！我们决不要这样的世界。
也不要耶稣的天国，打开天门问了罪孽；
不要柏拉图理想的幽灵在暮霭里飞。
我们要把生命往高山的绝顶上推。
兄弟们，拉呀！顶住你迎头剑似的罡风，
我们要在山头上筑一座亘古的石城，
一座石城，这千万颗心头的一朵希望，
拉呀，兄弟们！浓云外自有我们的天堂。
爬上这荒山，拉动了枯石，勒住铁索，
看定火把的光芒，千万星永远扑不灭的火。
我们没有笑，没有攀谈，也没有泪；
不怕渴断了舌喉，干裂了胸和背，

铁索勒折了肩：我们有我们的想望，
兄弟们，拉呀！把你的枯石拉去荒山上。
我们没有死，没有青春，也没有老，
不用问什么时刻命运会伸出血淋淋的爪。
生命应该是战争，永远得张开你铁弦的弓，
拉呀，兄弟们！我们要筑起一座石城，
一座亘古的石城，在山顶浓云外，
作我们毁不灭的真实的永恒的世界。

河

两岸无边的荒沙夹住一条河，
向西方滚滚滚滚滚着昏黄的波浪；
从茫茫的灰雾里带着呜咽哭了来，
又吞着呜咽向茫茫的灰雾里哭了去。
载着大沙船，小沙船，舢板，溜艇，叶儿梭，
几千株帆樯几万只桨；荒原的风
似无形又似有形，吹动白的帆，黑的帆，
破烂的帆篷颤抖着块块破篷布。
曲折弯转像吊送长河无穷止的哽噎，
一片乱麻样的呼嚣喧嚷杂着船夫一声声

叠二连三的吆喝:"我们到古陵去!
我们到古陵去!"
　　　　　古陵是什么地方?
没有人知道;没有人知道古陵
是山,是水,是乡城,是一个古老的国度,
是荒墟,还是个不知名的神秘的世界。
只知道古陵远远的,远远的隔着西天
重重烟雾。只听见船夫们放开喉咙
一声声呼喊:"我们到古陵去,到古陵去!"
大大小小多少片帆篷鼓住肚子吸满了风,
小船喘吁吁嗅着大船的尾巴跑,
这一串樯头像枯林斜拖几千里路。
舱里舱外堆着这多人,这多人,
看不出快乐,悲哀,也不露任何颜色,
只船头船尾挤作一团团斑点的,
乌黑的沉重。倚着箱笼,包裹,杂堆着
雨伞,钉耙,条帚,铁壶压着破沙锅;
女人们蓬了发,狠狠的骂着孩儿的哭;
白发的弯了虾腰呆望着焦黄的浪;
青年躬了身,咸汗一滴滴点着长篙,
紫铜的膀臂推动千斤的桨,勒住
帆头绳索上一股股钢丝样的力量。

这一串望不断像潮退的鱼群,
又像赶着季候要南旋的雁队,
一片片风剪着刀帆,帆剪着风,
"我们到古陵!到古陵去!"
　　　　　　谁知道
古陵在茫茫的灰雾后有多么遥远,
苍天把这条河划成一条多长的路?
这不管,只要有寒风匆匆牵了帆篷向前飞,
昏黄的河浪直向了西天滚。"到古陵去!
我们到古陵去!"小船载了粮食,酒,
大船载了牲畜——肥胖的耕牛和老马,
白须的山羊勾着乌角;满船的呼噪
是一笼笼鸡,鸭,野雁和黑鬃的猪;
锁在船头上多少只狂喑的癞皮狗,
喧骂桅杆上嚼着牙的跳荡的猢狲。
"到古陵去……古陵去!"满蒙着
尘土的沙船载了双刃的戈矛,青铜的剑,
皮弓,硬弩,和黑魆魆的钢刀堆成了山;
几十船乌铁的头盔,连环锁子甲,
牛皮的长盾点缀着五彩的斑斓。
　　　　　　"到古陵去!"
谁知道古陵在什么所在?谁知道古陵

是山，是水，是乡城，是一个古老的国度，
是荒墟，还是个不知名的神秘的世界？
这不管，只要寒风紧牵了帆篷，长河的
波涛指点着路——反正生命总是得飞，飞，
不管前程是雾，是风暴，古陵有多么
远，多么遥，苍天总会给你个结束。
"到古陵去！"呵，古陵！船夫一声声呼喊，
摇动几千株帆樯几万只桨，荒原的风
似无形又似有形，吹动如天如夜的帆：
多少片帆篷吸满了力量，鼓着希望，
载着人，马，牲畜，醇酒和刀矛，追随着
长河波涛无穷止的哽噎，"我们到
古陵去！我们到古陵去，到古陵去！"

洪水

是谁冒犯了上苍，谁造的孽，
教长河大江泛滥出洪流？怎么这
白茫茫一片莽苍遮没了大野，
滚滚的涛花教地连了天？
是谁教乌云翻怒了一天狂暴？

谁狠心决了天河泼出这无垠
无量无尽的水？看老天千万层黑灰
也包不住上苍惩罚的沉重——是谁
违叛了这至高唯一的撼不动的意志？
这一片昏濛濛找不到边涯，
是雨夹住罡风，是风扫着暴雨？
似雾，似烟，喘不出气的昏沉，
又杂着雷声拉动几万条铁索，
轰隆隆的霹雳交错着霹雳，是谁？
是谁咆哮，在云缝里吐出千丈长
曲折颤抖的火红的舌？告诉我
这雨和风是谁给的气力，扫着高山，
拍着海，灌满千百个大小的湖泊，
教山泉涌出狂笑，山洪奔向低野，
盈溢了长溪短溪，挤进了江河，
江河鼓满量也承受不住这恩惠，
把丘陵样的白浪往大野上推，推！
白浪的浪峰推着浪谷，像凝雪的
云涛飞堆上半天，又像是千军万马
扫荡过一带大荒原——谁敢来阻挡？
像刚破晓时分大海上吹台风，
这一片水连了云天，天盖住水：

湮没了大野，森林，埋了丘山，
塞了幽谷；你分不清山野何处有凹凸，
只亿万里波涛抖动了卷花的浪，
欢和着滂沱的大雨笑得猖狂！
这里只有水天的交合，一片没有颜色的
混沌——上苍要责罚也给世界
一个宇宙中单纯奇谲的美！
只可怜亿万顷田园，凝翠的绿野，
数不尽的村屯闾里，密竹与疏花，
百代的安乐，几十万文商荟萃的城郭
都化作海底平沙；是谁来钩
狗马牛羊的灵魂教来世作鱼蟹？
为收罗燕雀鹭鹰谁下的天网，
怎么半空就不许半点羽毛飞？
普天下男女都逃不开这劫数，
（造物是上苍，还得上苍来裁决）
谁忍听老弱在山头树顶哭，爹妈
啃吃着婴儿的骨，这万里同声的
一片呼号？谁忍看流尸堆成堆再
漂成岛屿，供给鱼虾作腥酸的粮肉？
是谁造的孽，谁开罪了天苍？
天苍狠住心教洪水来刷洗，洗尽了

国斗与乡争，人欲的饕餮和一切
欢喜，忧愁，爱，憎，和嫉妒……
　　　　　　　　　　啊，天苍！
我不求孤舟，鸿毛重过我的生命；
如果茫茫是生，我生不如不生，
不如未生，也没有善，德，也没有罪！
啊，天苍，我不求超度，我只求在
滔天的旋浪里许我留一刻气息，
向亿万生灵滴两滴清泪。

野狗

我是深山里的一条野狗，
颤抖着红舌来舐鼻角的黏腥；
躲在山腰，竖起两只尖耳，
往昏夜荒山的草莽里听。

等迷路的兔子在乱草里跑，
或是有黑狐狸从山脚下掠过。
山风吹破了松林的阴沉，
山风勾动起我满腹的饥饿。

枯死的月亮像是我的眼睛，
黝红得似一把绣上血的镰刀，
预备割每一颗星子的头颈——
我等候着我的山羚和野猫。

我蹑足嗅着没有路的路，
竖耳听乱草在山风里抖……
这世界的一切我都知道！
我要用铁锁锁住上帝的手，

用荆冠圈住上帝的头颅，
是的，这深山我要来治理！
我比你聪明，上帝，因为我
啃过人的尸骨，撕过人的皮。

像黑铁上绣定一滴死血，
这天穹，笼罩住满山的阴风；
这深夜深得像我的想望，
想望煎熬到火上一般的红。

瞪住眼望着宇宙的昏濛，
我从来不吐出一点声响：

我要从上帝手里夺到索绳
来重织一张命运的罗网；

要重铸裁判人生的铁律，
好解我心中绞痛的饥饿！
我竖耳往乱山昏濛里听，
连天空也没有一只鸟飞过；

没有一星悉率，一半滴虫声，
大地像僵卧在古老的墓底，
阴风撼动山影是荒夜的梦魇：
我伸舌在鼻角的黏腥上舐。

我是深山里的一条野狗，
瞪了眼，听乱草在山风里瑟索，
等一星音声来挑破这昏沉——
上帝，我忍得住这刀绞的饥饿！

涤罪

这片天哪里有生命，枯干像一片黝蓝的铁；

我早知道大地是干沙，干沙铺就的一片荒野。
这七天，整整的七天我背了行囊在荒沙上走，
跨过了荒沙还是荒沙，好像荒沙牵住我的手。
我找不到微细的一流泉，也寻不到一洼什么水；
望一望大地，看看苍天，我幻想一个枯死的鬼，
瞪圆了眼，干断了舌根，在五彩的阳光里舞。
指着地，画着天，像是问大地和苍天谁作得主？
骄阳任性的燃烧，像一个五月天淫荡的妇人，
脚掌下是焦热的干沙；这七天，八十四个时辰，
这八十四个时辰，这七天，空有干粮找不到水，
我觉得出遍体的旋流，那是殷红的殷红的鲜血。
我恨不得把头颅挂上天空，教他变作一颗星，
好招呼一线云丝，一滴露；仿着流水作些音声，
学两句村姑祈雨的歌，也好静一静心头的想望——
啊，天穹像是个倒转的铜锅，把我闷锁在荒沙上！
这七天，七个中午，从七个清晨到七个黄昏，
我恨不得掘穿了干沙，找一座能通地狱的门；
恨不得捣破这穹庐——我伸直两臂也碰不着天；
看四周青天紧吻住大地，我像触到了天地的舌尖；
也许是天地在狂爱着我，爱我爱得太亲昵？
给一线慈悲饶恕了吧，我受不住爱情啊，上帝！

夏

乱云涂了一天肥厚的肉,
　　太阳把绿叶都蒸出了油;
大道上正泼着一地热火,
　　似烧焦了的罪恶,那山头——
黑巴巴的,我向了他走,因为
　　在那山窝里窝着我的家;
也顾不及留意道边浑红的
　　是欲火还是赤裸的葵花。
十几里的热汗流得可真累,
　　两旁高粱叶摇不动一丝风,
只教你两耳里塞满了急燥,
　　远近吱啦啦干涩的蝉声。
望着那似烧焦了的罪恶处走,
　　算着等到家怕已经天黑,
管他呢,姑且先给他一场死梦,
　　谁愿分清楚到底谁是谁!

劫掠

这双明亮亮的眼睛藏着想望,
像两个强盗紧紧的逼住我,
我只得这样喃喃的答话:
"这是旅店,这不是我的家,
你知道,这两把破藤椅,一盏豆油灯
都是店主人的,你最好不要拿了走。
我空手到这儿来,还得空了手去,
像我生时不带来什么,死后
也不能带走些什么。什么?
你说带了你到我家里去?
我说你劫错了人,我不知道什么地方
是我的家,我没有乡土也没有国度;
像夏夜渺茫的一丝风,连我自己也不知道
从哪儿来的,将来是向哪儿去的。
我没有珠宝藏在身上,你不用这样
搜索,我从来不大认识珠宝的形状,
我也没有钱钞或银币;真的,我只有
这两只草鞋,一身破衣服,我想你不要,
——因为这些还远不知你的。
那床头上的一本圣经你不要动,

不，你知道那也不是我的：多少年，
多少白天晚上我真诚扮作个巡礼的人，
我发现天国是一片沙漠——我看不见上帝。
唉，我说你劫错了人，你再逼也不能把我
逼成个天方的王子，有的是珍奇，
有的是宫庭和财富由着你抢掠。
我没有鸽卵大的珍珠，镶金的玉带，
珊瑚刻的鹦鹉架，象牙雕的床——
这儿只有两只草鞋，一身破衣服，
还有脑后这几缕稀薄的头发——
什么？你问我还有什么？是的，
还有这一个身体，人们叫做生命，
是的，这是我唯一所有的，一颗跳动的心，
保持着这枯瘦的一堆骨和肉。
如果你想要，尽管拿了去，
这累赘是我多年最厌倦的，最厌倦的；
不过我告诉你，这里面可是没有灵魂，
老天从来就没把灵魂交给我，
我也从来未曾想望过：
　"这只是空虚的天地赐给的一个空虚的躯壳，
你要，你尽管拿了去——"

她不会杀人,这强盗,她是一个年青的
美丽的女子。她想劫掠我的世界,
我只有这样喃喃的一句句说给她听,
一直等到等到我的死。

舞

在这荒滩上,你尽管跳,
抖起你的双臂,急急的点着脚。
不要问这黄昏海上的湿风
怎样吹,落日的创伤多么红,
半天里僵死的月亮是多可怕,
星子的脸都罩上忧愁的面纱。
你尽管跳,尽管跳得狂,
(你飞乱的发,旋风转着的衣裳)
别管咸的风把你怎样撕扯,
把眼泪埋藏在你自己的心窝,
教悲哀在胸里化成铁和铅,
也就只剩这一刻了啊,天!
你尽管笑,笑这世界的苍老,
笑这云的酷冷,海的蛮,山的傲——

这时刻已容不得你再去想，
上帝许可你发这么一次的狂。
你不要憩，你也别说累，
生命只剩了这一忽儿的美。
你尽管跳，不要等，反正是早晚
总会枯了海，烂了山，塌了这天；
那时你再合上眼永远去休息，
世界决不来，决不来惊扰你！

我回来了

我回来了，听我记下这时刻：
当太阳像一团鬼火浮出了海波，
大鱼在海水里游荡，森林在苍岩上
行走，肥厚的云堆，堆满了天，
当荒风抖着咸湿的呼吸。
　　我回来了。
我回来了，撑起一块骡皮当作帆蓬，
（可怜这畜牲伴我走了几千里路）
一双破漏的船钻着一路的打头风；
带回一船红海的腥风，神秘的梦，

和一串永世讲不完的离奇的故事。
  我回来了。
我回来了,真的回来了,我自己知道。
我含着眼泪,泪光里藏着测不透的幻秘;
荒风吹着我稀薄的发……荒风吹老了
我经历的世界,我带回一轮闪烁的金光
罩着我的头顶:我回来了,
  我回来了。

阳春有梅雨

阳春有梅雨,深秋有风,
攀山涉水,好长的路程。
十年孤零零是一片叶,
在这茫茫人海里蹊蹀;
没有仇敌也没有朋友,
头顶上云灰涂满忧愁,
一轮轮洪涛辗碎了梦,
流风剪破五彩的长虹,
向前路空濛洒几点泪,
心头只一片失迷的悔。

如今但落得两手空空,
时光总算给了我聪明;
聪明指点着教我停步,
别再寻思无尽的长途。
但是长鞭抽得像雨点,
苍天绝对不许你留连!

诉

在茫茫旷野里只看到
一幅灰的天,一片荒草:
西风卷起荒草的疑惑,
仰望着长天像在祈祷。

负着重载走上了黄沙,
一只骆驼忘了他的家,
他的心像是这片荒草,
几时苍天能给他回答?

蝙蝠

深山里一座颓朽的古塔,
傍晚的蝙蝠绕着塔飞,
飞来飞去的,像是午夜里
梦的思绪,找不到依归。

为什么总这样盘旋,盘旋,
这座古塔不就算是家?
蝙蝠,蝙蝠,不要再思索了,
夕阳已经沉下了山崖。

船

一只金色的船,
　　看!在江流里荡;
荡入深沉的夜,
　　那金色的灯光。

金灯没理会,那
　　是死亡的荒墟……

舟子依然高呼：
　"去！向更深处去！"

灯

一盏银绿的灯，
　　照着玲珑的花朵，
引着希望，欢忻，
　　轻轻在梦里摇过。

猛闪一流幻灭，
　　又一盏金红的灯，
飞也似的穿过
　　悲哀，又葬入空濛。

吐谷图王

年老的吐谷图王有一座花园，
为池塘引进了黑水的流波，
（黑水奔流过这佚名的古国。）

种满山苍松为听风响,
榴花涂一园血为杜鹃的鸹舌。
年老的吐谷图王穿一身黑蟒,
他从前也曾有过黑蟒样的雄心;
但是如今他老了,须发都变白了,
皇子都死尽了,他厌倦了朝觐,
厌了战争,厌了想,厌倦了女人,
戈矛上了锈,后宫都成了老丑,
皇后的碑碣早叠厚了青苔;
他早已完全忘掉了,忘掉了这世界——
他每晚在星光月光下徘徊,
傍着池栏;他知道得清楚
这一池水是从天汉里流来。
繁乱的百花团在露水里汪着泪,
破朽的园墙上涂满了红霉。
大鱼在池塘里吐着泡——"——颏——颏——"
满山的松风总像是回忆,
回忆里像失落了什么,再也记不起,
再也记不起,他闭上昏花的眼睛,
仿佛五十年前初造这园亭,
金鼓,铜笛,和人民的欢笑;
又仿佛是哭声,杀声,加杂了铁蹄声,

娇笑声，歌声……又都不是，
分明是夜风吹过松涛声。
但是他的确忘掉了一件什么宝物，
只觉得空空的，又一片模糊。
他已经老了，完了，他厌了再想，
抬头看看楼阁，亭台，满园的月光，
照着的黑山，黑树，古怪的花朵，
思绪飘飘的找不到地方，
飘飘的找不到停留的地方——

月光斜照在园门的石基，
斑烂的霉苔隐着两行字迹：
　"吐谷图王即位栽一园奇花，
　　为护佑王朝的繁荣和伟大。"

我失落了些什么

我失落了，失落了些什么
在这森林里？我提一盏灯
夜半踱进这幽林来寻找——
我知道野花修砌的路程。

每株树,每棵草。唉,怎么会
失落在这样熟习的所在!
失落的一定就在这地方,
此外我不知道任何世界。

我提了盏灯一步步追寻,
露水闪着光在枝头哭泣,
星子隔了树在天上眨眼,
四面冷清清没有点消息。

的确,我是失落在这地方,
我提了盏灯夜夜来寻找;
但是找不到失落的什么,
只知道时光在催着我老。

踏着沙沙的落叶

踏着沙沙的落叶,
唉,又是一年了,秋风!
独自背着手,踏着

沙沙的落叶；穿过疏林
和疏林的影，穿过黄昏。

黄昏静悄悄的，长的
是林影；沙沙地踏着
踏着，是自己的梦，
枯干的。又一年秋风
吹过了，自己的梦。

看枝头都已秃尽了，
今年好早啊，秋天！
年年在白的云上描
自己的梦，总描不团圆，
描不整，描不完全。

等秋风一吹便随黄叶
沙沙地碎落了。秋风早，
只好等明天吧。
看秋风吹白了野草，
吹得凄凉，吹得老。

踏着沙沙的落叶，

唉，又老一年了，秋风！
独自怅惘着，在落叶上
走，穿过疏林和疏林
淡淡的影，穿过黄昏。

送

明儿秋雨就不歇脚，
你也得去了，余生；
你说你是去茫茫地
追信念：你过山，过水，
过陌生的古城——

望着我的窗，你叹息；
望着我窗外的枯莲蓬，
早垂了颈的败荷叶
在雨里抖，我想着
异乡雨扫过远天的轮声，

雨罩着轻船，蒙着海。
"又得三五年才回来！"

三五年，唉，多少日子？
昨宵只一夜雨，
山石上便老绿了青苔。

"等莲花一谢我又得走了"——
可是你愁这儿秋天太早；
直挨到莲实老了，
莲叶也老了，
檐头又长高了狗尾草。

"不再留两天么？这秋雨
怕路上更寂寞。"你不言语。
窗格上流着秋雨的泪，
积着秋雨的洼痕，一丝丝
垂着秋雨的言语。

"明儿这雨要不歇脚，
我打把伞来送你，余生。"
淡淡地两声沉锈，摇动了
檐前的铁马铃，摇动了
檐头的狗尾草——风。

秋暮

黄昏五点钟,古老的半轮月;
深秋的雾又爬进了昏黄的街,
昏黄的街,昏黄的街灯
闪着朦胧,听秋风吹扫着枯叶。
十一月的天,乱鸦飞得仓皇,
掠过窗,掠过屋脊,散入天边淡淡的烟缕。
冷雾遮住了荒街,这荒街不知有多么长,
披着冬衣,提着杖,我循着荒街在冷雾里彷徨。
我循着荒街在冷雾里彷徨。

我循着荒街,荒街引我向冷雾里走。
我知道前程再不会有朋友,
再不会有春花在枝上笑,再不会有云飘或水流。
我知道青春已算作青春,老将是老;
我不敢欺骗,不敢再希求
什么仙邦或神岛。
像一个年老的云游僧,我知道了人间一切的路程,
我知道谁曾错了盘算,谁曾荒唐误踏了迷津;
知道哪一个方向指给飘零沦落的人。
我曾循着荒沙追索过,

追索过荒沙上一切的足痕；
如今我总算知道，知道前程再不会，
再不会有春花在枝上笑，再不会有流水或是飞云。

我知道了人间一切的路程，
像年老的船夫知道江湖四面的风。
像古柏苍松样熟习季候，
像衰老的农夫会守着耕锄核算春秋。
我不敢欺骗，不敢再希求，
（落花再不想云天滴露）
我知道自己的路程终归是自己的路程，
又何必遮蒙了自己去学作旁人。
我知道生命没有风波和奇变就成一湾死的海，
当这湾死海早已丢了生，
还想什么白云投几朵影，
还想什么浪花卷起银光的笑，催促海鸟去迎春风。

——哪里这一缕丁香香？——
荒街在冷雾里祖着赤裸，这时节哪会有丁香！
我单独循着荒街走，足音拍着荒街走，
荒街塞着灰冷的雾，遮住前程一团渺茫。
我知道真假的分歧不过一丝发，

如今我哪有闲暇，
哪有心情来分别真假。
我知道身心外只一片无涯的混沌，
（就在这混沌里我失落了青春）
如今我不敢希求，不敢再欺骗，
这本是苍天玄秘的意旨，我只等苍天去旋转宏轮。

只等苍天去旋转宏轮，
我低头服从这永恒的规律。
在这短短的时光里，我怎敢，
我怎敢舍弃了程途走向偏路里去——

我等待自己的足痕划一条自己的路，
我等待自己的足痕划完一条自己的路，
那时天地作一出梦，散入云烟成一片模糊。

清晨

直挺挺的袒露着
赤裸，是灰白的街道；
冷雾里一盏昏灯的

红志——残夜的招摇。

招摇满街的干树枝
舞动魔鬼的枯手,
在秋风里乱抓,等什么
东西在他头下走?

两面高楼是荒原上的
古庙,死一样的凄凉;
门窗像漆黑没有底的
洞,像刚遭了劫掠。

屋脊在讥消着沉沉的
天,别再装出那羞耻;
她怎么挤眼,是诱惑,
那一盏昏灯的红志?

拒绝

晨曦又撩开夜幕,染得桃花分外的红;
桃花在露水里梳洗,招惹来一山春风。

春风领着路,直引向白云是一条古道,
但我听见有黄莺,含着桃花向了我笑:
　　"老了,老了,你的世界,
　　枉废了青春的,别再来这里!"

隔着花枝不是云,是一群仙儿在舞蹈,
雪白的膀臂抖着纱裙,点着雪白的脚。
满耳春风紧着招呼,但我不敢向前走,
一路野花向我摇头,杨柳向我摆着手:
　　"老了,老了,你的世界,
　　枉废了青春的,别再来这里!"

残春

叮,叮,仙儿们摇着铜铃,
　　这是蓝色的,蓝色的夜:
悬挂满天忧愁的小星,
　　围着一钩忧愁的黄月。

叮,叮,小星们歪了头听,
　　仙儿一步步踏着草尖——

"南海里吹来苍老的风,
　　凋残了,凋残了啊,春天。"

这是蓝色的,蓝色的夜,
　　仙儿拣好的时候搬家;
他们背着伤心,踏着月,
　　露点儿哭着一地落花。

叮,叮,仙儿们摇着铜铃,
　　绕过了前山,绕过后山——
"南海里吹来苍老的风,
　　再见了,再见了啊,明年。"

忙

云,你缓一缓脚步,
怎么你飞得不怕累?
什么事这样慌张?
　"不知道,得快快的飞!"

流水,作什么匆忙?

停停你呜咽的忧愁；
别这样匆忙，流水，
　"不成，我得流，我得流！"

风，别急急的这样，
到底谁在你后边追？
你慢些，也等等我，
　"慢不了啊，得赶紧吹！"

他们问我，忙什么？
谁拼命拉着你的手？
我想停，停不住，"啊，
我得走，我得走，朋友！"

东风

我来自东天的边陲，
在渺渺的太空里飞。

扫荡着云峦和云浪，
拂过青天朝阳的光；

扬起海波上的欢笑,
牵着轻帆往云里飘;

隐隐有船夫们吆喝,
浪的啸,海鸟的高歌;

我说:"大海,我来不及
把我的悲哀告诉你!"

我吹狂涛拍着海港,
扫过渔村铁马叮当;

海岸上有渔家女郎,
迎着我晾花的衣裳;

我吹山顶的风车转,
吹过满山人的笑颜;

许多儿童提着纸鹞,
在山腰喊:"看,风来了!"

我说:"人们,我来不及
把我的悲哀告诉你!"

我吹开遍野的花苞,
银白的柳絮满天飘;

百里麦田笑仰着头,
　"啊,春风来的是时候!"

带着空山里的钟声,
唤醒满林新绿的梦,

林梢挂着我的衣缝,
　"你向那儿去呀,春风?"

我说:"林儿,我来不及
把我的悲哀告诉你!"

深夜里我吹上高山,
在满山松涛里盘旋;

我吹天边每一颗星,

吹冷星光里的爱情；

我吹清了午夜的天，
吹乱银河上的波澜；

流星随着我衣角飞，
笑我："春风，你去找谁？"

我说："星光，我来不及
把我的悲哀告诉你！"

诔

今晚梅妮永远合上眼，
　　白纱盖住长睡的芍药。
春风在窗外噤着呼吸，
　　樱花不敢抖一朵招摇，

蝴蝶的翅不扇动沉寂——
　　这是光明神圣的时刻——
满地野花无言的坠泣，

星群泪点成一道天河。

天河里静静摇动双桨,
　　梅妮从此离开这世界;
送丧的是三两朵流云,
　　几点疏星和淡黄的月。

人间永远忘掉了梅妮,
　　像季候忘掉一瓣落花。
如今让和平遮盖了梦,
　　生命总算带了她回家。

云

像水样的飘,流,梦样的变:
晓光镶给你透明的边,
似少女低眉时爱的恬静;
你含羞,朝阳就扑给你绯红。
有时你顽皮,藏起一痕笑,
空留块青天叫我哪儿去找?
有时把沉灰褶成万重忧伤,

那日，月，星斗都失了光芒；
我怕就怕你敲心的雨泪，
我得找东风来解你的愁眉
东风一来你破开了欢笑，
翻成云浪在天蓝上飘，
一朵朵新奇是你的思想，
堆山，化水，任着意飞翔；
染什么颜色也随你的欢喜，
夕阳会给你装扮起花衣；
散成了朦胧那是浅雾的梦，
给梦加五彩，再描出条长虹——
我在你这万般幻化里迷醉，
一万般幻化是一万般的美！
像水样的飘，流，梦样的变，
你的心是一片飞云的天。
我爱你时刻测不透的奇想，
爱你的颜色，动荡，爱你的光。
幻变的云天可也有一条法则：
宇宙是一滴露，露珠里只有我。

奔

只不过再走一二里路，爱，前面
出了这丛林就是一片好月光，
白亮亮的蒙着半山湿软的草，
松润了遍野的葵花和野菊的笑；
这儿已经听得到山泉倒泻的
瀑流。

爱，不远了，只再走一二里路，
就到了你盼望得发狂的青天的月光。
挨着我，爱，擦干了你的眼泪。
可怜这一夜蛮风虐雨好容易
才晴了天；好容易拨着乱草，
淌着泥洼才找到这条平坦的路。
如今总可以不必怕了，再不会有
鬼怪的爪尖在昏黑里抓你的
心；如今就是妖魔也再不会
分开你我永远再也分不开的身体。
你不看见月光就在树梢头
把雨点镶上银。镶上了光明，
趁风把幸福在我们额头上洒？

爱,靠近我的肩;这一夜我可
真担心!我只怕这一路的枯荆
伤了你赤裸的身躯,刺破你的脚;
只怕惊坏了你柔草样的灵魂。
你还记得当我们爬过那黑松岗,
暴雨斜挂着尖风泻下了天,
也听不出是翻了江还是塌陷了地?
套了环的霹雷拖着索滚过山头,
像追住我们要圈一座缠人的网?
你哭不成声对我说,让我们紧抱着
就同死在这雷声里也总算完了
一心的愿。我咽着眼泪抱紧你,
穿林越山逃出了一万个艰险;
我忘记了一切,也顾不及脚底下
是岩石是钢刀,是荆榛还是剑;
一路顶了的是雨是风,淌过的
是泥是水还是松针;我只知道
怀中抱着的是我唯一的生命,
只知道默祷神灵能给我们哪怕
一分钟的天晴,一刹那的休息——
天保佑,如今总算找到这路
指向你渴望的这一片纯洁的月光,

一片青天盖一片春野。
　　　　　　　爱，如今好了！
勉强再捱上一二里路，前面就是
湿软的草，落花洒成粉在溪里流，
山坡上月光织一网轻柔的梦。
爱，擦干眼泪挨着我走，等我们
出了这丛林找一湾清澄的水，
洗你的发，你的身体，洗去你
一夜的悲哀和恐怖。那时让
长天作幕盖青草作床，教我
在月光下倚在你温暖的怀里，
给你讲一串颤抖着火焰的离奇的故事；
你才知道这一夜的煎熬，风和雨，
总算洗刷出一座完美的天堂。
爱，别再哽咽这一路奔逃的苦，
天堂不远了，我不就在身旁，你瞧？
这一夜风雨摧不碎你我的梦，
爱情教我们向前面看，向前面，
向前面，前面就是一片好月光了，
你盼望得发狂的青天的月光，
一片春野托一片青天——
　　　　　　　你听，爱，

你听远处流瀑不是正告诉我们说
那是个永不会再有风暴的世界?

落花

像在雾里,像在残夜的梦里,
缓缓地,静静地,在半空里坠,
凋败的春樱,开谢的桃花和杏花。
没有风,也没有一流泉声或
鸟声,满林蒙罩住幽玄的静默。
春去了,凄怆是几千株几万株花;
花不作响,只片片在无言里
坠着苍白的,枯粉和衰黄的,
一片片,不知是花雨还是花泪。
我像一只影,像一个飘浪的幽灵,
低头在沉沉的落花里走,足尖
踏着落花的绵柔;落花一瓣瓣
拂过额前,掠过眼帘,扫着我
左右的双肩,挂上我稀薄的乱发。
我看着落花,觉着落花,我两眼
空空,泪珠点点向我心湖的波面上洒。

花不作响，满林只迷濛的雪样的
飘。我也无言，我低头一步步
在没有路的落花的层叠上走。
时刻是清晨，太空上轻描着几朵
灰云，枝头还挂着莹莹的露水。
但是春天已尽了，再留不住春天，
露水含着泪也说不出言语，
春天去了，去了，春再不回来，
一切不留连，也没有星星依恋。
露水挂在春樱的枝头，莹莹的
挂在山桃和红杏的枝头，
看阵阵落花叠逐着落花
在无言里从枝头向草上坠；
她绵绵的，缓缓的，像是依依？
不，依依只是我点点心湖波面上的泪。
我低头在沉沉的落花里走，
我也无言，我寻不出什么语句。
我足尖踏着层叠的绵柔，落花
一瓣瓣拂过额前，掠过眼帘，扫过我
左右的双肩；一瓣瓣是垂落着
别离的低唤？我知道，我深深的知道，
春轻轻的去了，正如春天不为我来，

花落不留连,也正似花开本非为我。
如今看满眼的纷纷,我的心,我
只教泪珠涂落我心湖上的记忆;
春的光,春的笑,花开时的锦乱和细纭,
一切都化作隔宵的梦想。去了,春;
从今我也去了!我一步步轻轻的
踏过落花,穿过落花,看枝头露水的
莹莹,我两眼含着空空的泪。
花不作响,我也无言。任落花
一瓣瓣拂过额前,掠过眼帘,扫过我
左右的双肩,挂上我稀薄的乱发。
我回头看满林纷纷似雪样的飘,
缓缓地,沉沉地似雪样的飘,去了,春,
去了!明早南风会带给你清新的,
薄绿的夏天;我也去了,从此这一地
落花上也将永远消失了
我的足痕,我的泪。

怨

是的,你爱过我,只那一瞬——

燕子的翅膀淡点过波心,
轻轻一阵风,捉不着影,
也追不着光亮,一闪的流星——

便过去了,你本不在意,
可是你疏忽,给我解了缆:
白的帆篷鼓满了热梦,
我飞出河,飞过海,飞过高山,

穿过蓝的云,闯进了黑夜,
丢掉自己,又摸不清路程;
都因为信那一瞬是永久,
说那颗银的星是你的眼睛。

真等你一笑,我才明白了,
明白了当初信得太匆忙。
可是如今你叫我怎么办?你!
邦一声你给我锁死了天堂。

婚夕
———赠公望结婚———

"今夜的星子多亮,像你的眼睛,
今夜的天多深,多净,像你的心。
人散了,这时候你该好好的说,
爱,今夜我的礼物你想要什么?
这里我早替你预备好鲜花的床,
孔雀毛的帐子,云纱的衣裳,
缀起琥珀的钮子,不夜的珍珠,
透水绿的翡翠环挂着玳瑁的葫芦。
一个黄金的宝座,镶着九颗星,
满殿上扎起了彩,悬起了金的灯。
我从尼尼微带给你赤睛的鹦鹉,
加太基的忘忧草,锡兰岛的珊瑚;
一群骆驼载着俄罗斯的金宝;
秘鲁的山猴儿骑着萨哈拉的驼鸟;
水晶的大盘子盛起阿拉伯的瓜;
从阿叙利亚载来满船的象牙。
我送你野人山的水獭,波斯的猫,
佛顶上的蝙蝠在黄昏里笑,
马莱的大金鱼,印度的白象,

还有一轮从红海才起身的月亮
照着你的纱窗，纱窗里的静，
照着你的发，你飞动的灵魂，
照着你窗外的山冈，楼阁，
一挂瀑布，一片树，树里有夜莺的唱歌……
这些，你最喜欢的是哪一样？"

"爱，我们的宫庭不用这样堂皇。
我愿你是一颗永恒的露水，
我是那金丝雀向了朝阳飞：
每早我等候天上的赠礼，
露水流出你的心，再滴进我的心里。"

　　孙毓棠《海盗船》由立达书局于 1934 年 5 月出版，后收入 1939 年 9 月上海文化生活出版社版《宝马》一书，此处文字据后者抄录。

卷三　宝马

宝马

西去长安一万里草莽荒沙的路，
在世界的屋脊上耸立着葱岭的
千峦万峰。峰顶冠着太古积留的
白雪，泻成了涩河，滚滚的浊涛
盘崖绕谷，西流过一个丛山环偎的
古国。七十几座城池，户口三十万：
麦花摇时有云雀飞，无数的
牛羊牧遍了山野；中秋葡萄
几百里香，园圃也垂起金黄的果子。
葡萄的歌声从西山飘到东山，
飘着和平，飘着梦。葡萄熟时
村姑们挎着竹篮，乡家人赶着
驴车，一筐筐高载了晶红艳紫；
神庙前扎起庆贺的花灯，家家都
赶酿新秋的美酒；富贵人夜宴上
堆满着罂缶，琉璃的夜光杯酌醉了
太平岁月。
　　　　宛王毋寡散着红须，
在贵山城建筑起辉煌的宫殿，
玳瑁镶的王冠绿得像他的眼睛，

御苑里的红芍药像他心头的想望。
他爱条支的眩眼戏，身毒的大珍珠，
他爱大秦安息的美人和孔雀，他爱
于阗紫玉的透明，爱乌孙雕弓
能射呼揭的铁箭。他爱他堂前
群群赤着身的女人披起沙縠和冰纨
躺在罽宾的花毡上鱼样的笑。
他爱用金罇来饮美酒，张血口
向黄月唱英雄的歌；美酒香透了
琵琶舞袖，洒红了裸乳和王袍。
但是他更爱宝马，（天注的劫数！）
爱他们八尺的腰身，红鬃与黑鬣；
爱他们昂首的雄姿，和千里奔驰的
骨力。他叫各地官司分苑来牧养，
佩上金镫和花鞍，他唤他们作
骐骥䮫骊骅骝和骆駬。他心窝里
一条颤抖抖的尖毒舌，向四周
邻国笑着火红的傲岸的笑。

这消息越天山，经大漠，传进玉门，
长安坐着汉家皇帝。他戴的是
世界上第一座神冠，治理着

天下第一处富丽堂皇的国度，
他的长安是世界上第一座城池，
是人间第一等的光荣，他陛下
人民的勇武和文慧。东南从大海
西北到流沙，几万里说不尽的
青山绿水，市镇的繁华；田畴麦垄，
村家的鸡狗与桑麻；河汉江淮里
望不断的帆影；金椎的大道上
飞驰着朱轮华盖，邮传和驷马。
汉家皇帝东幸齐鲁来封泰山，
北临汾阴去祀后土，勒兵十八万
西游朔方，他自称是无上的天之子。
长安城南面象南箕，北象北斗，
右望终南山一架隽秀的风屏，
左带着渭水沧沧歌古的浪。
长安城棋布着九街十八巷，
盘龙的罘罳下朱门遥对着朱门，
是王侯将相和郡国的邸第；九市
开时，绿长了垂杨柳，红艳了花枝，
罗衫坠马髻是淡粉长袂的女子；
葛巾韦带是商贾人；酒肆花街
坐满了羽林郎吏，看骑马跨雕鹰的

是王孙贵公子。乐府的歌吹飘过宫墙，
明光宫远望着长乐的楼台殿阁。
晓磬一声敲，六宫的妃嫔传动蜡烛，
满朝集会起玄冠，彩绶，黼黻，玉珪，
貂蝉和银珰；未央回龙的宫阙
响着太鼓金钟，华毂的云盖车集在
宫门，听玉堂传呼出金马的待诏。
未央前殿下班列着猛将忠臣，在
这里盘转机枢便决定了一切
人间的命运。他们东吞了貘貊，
南下过牂牁，北封燕然又禅过姑衍，
他们要囊括四海，席卷八荒，都因为
这是先祖先宗遗留的责任。

太初元年，这一天远使回了国，
奏上中书说："为大宛的刁蛮有辱了
君命。大宛王诈留下锦绣缯帛，
强夺了钱宝，在使者车令的席前
椎毁了金驹；逃过郁成又遭了劫掠。
他们说北边有强胡挽着雕弓，
南傍天山又缺乏水草，汉军插翅也
飞不过流沙，怕什么汉皇？不献宝马！"

天子沉下了脸，推开玉几，传侍中
立刻命御史按兰台诏拜李广利
去西伐大宛。虎符班发了六千铁骑，
步戎编制起几万壮士；转天五鼓
齐集在渭水桥头看贰师将军
亲受了斧钺。将军披着锁子铠，
头顶上闪亮着金鍪，勒白马高声
喊出誓词："为争汉家社稷的光荣，
男儿当万里立功名。这一程
不屠平贵山，无颜再归朝见天子。"
鼍鼓一声敲，万人的欢呼直冲上
云霄，旌旗摇乱了阳春的绿野。
将军站在高坛上检阅过全师，
渭水边排设下四五里牛羊的飨宴，
文武官员们奉上玉爵；天子叹
解开羁绳才知道将军本是条猛虎。

盘过六盘山，兵出狄道，一路
迤逦摇荡着旌旗是几万军马。
焉支山深春的凤仙正红，居延河
布满了汉家新筑的堡垒；山路
曲折铺一地残花，松林里乱噪着

无名的山鸟。将军传令催促全军
不许留连,赶夏末过姑师齐会在
乌垒。过了酒泉,敦煌,屯户人家
渐渐稀疏,遍野蔓衍着蓬蓬乱草。
兵过盐水远望见玉门在浩淼的
平沙上耸立着雄伟。玉门都尉
烹牛煮酒早备下了出关的祖道,
举杯对将军说:"今年怪,山东的
蝗虫忽然飞到了河西,将军前程可
善自保重。"将军勒住马低头笑:
"丈夫该终生以塞外为家,有钢刀
还怕什么天地的灾异!"将军捋着
须一口饮干了兕觥,叫军正催军
加紧向西行。玉门外无边的大漠
托着苍穹,西天已经半吞了落日。
兵马陆续出了关,橐驼珰琅着大铜铃,
老牛拉着车,军中已燃起三尖的火把。
夜降了,关亭上凄清地敲响了更梆,
远望大军迎着落霞,在暮霭中
淡淡的消失在一片寂寥昏沉的
荒漠里……

第二年边疆陡然有骑驰
飞马急报到未央东阙，说贰师将军
遭了奇劫，已经败退到玉门关外：
一路沿天山南麓城廓的小国都
紧闭上城门，不肯献粮草；军食
缺少又忍不过冬寒，兵才到郁成
便遭了杀戮。踉跄的只剩下几千人，
和几百辆樏车载回了多少具尸体。
汉兵不怕死，只愁忍着饿几千里
遇不到敌人，路远粮缺，求再补兵马。
天子大怒，拍案叫草急诏，李广利
不许偷进玉门，叫他在塞外屯兵等候！
明早五更招齐了公卿："朕到如今
举兵三十年没受过这种侮辱。
别叫绿眼红毛的看不起汉天子，
朕要推倒昆仑碾碎你们的骨肉！"
败兵的消息一倏时哄动长安，
传遍了三辅。家家跑到市街头
打探吉凶，老妈妈扶着小孙儿
步步向天呼，少妇们都抛开机梭
嘤嘤垂着泪，户户门前挂起丧麻。
傍晚的长安落下了愁春的雨，

昏夜满街熄了灯光，叫梦魂早早哭到
天山，去收拾乱草黄沙里余温的白骨！

但是天子息不了怒气，班发羽檄
到四方火急去征调材官与车骑，
叫太仆快准备收罗十万匹好马。
这一年为征伐大宛可忙乱了全国，
全国大道上都飞奔着使者车，
郡国到处腾空了武库；叫更卒
伐春桑赶作弓弩，锄犁都毁铸了
钢镞的羽箭，箕敛了粟米堆成粮橐，
绨纷布帛都连缀成遮风的营帐；
家家聚了钱准备羊皮，来裁作
裘袍和草履；长安少女吞噎着泪
赶缝赤地青蛇飞虎的旗帜；
凶赳赳的县吏挨着户征索耕牛，
坐马，田园里只剩下婴儿妇女。
转年寒食节处处长亭挤满了人，
老小都担着筐笼，提了行李袋；
出师的冷酒苦酸酸的尝不出香，
渡头边洒满了别离的热泪。
送走了，爹爹，兄弟！送走了，好亲人！

送走了,老黄牛,田地里唯一的朋友!

到重阳在长安编好了远征军,
一共是十六万八千四百多壮士,
五十几个校尉,六百多个军侯,
总领给贰师将军作西伐的元帅;
将军幕府里设了八十几个官员,
为宝马还诏派了两名执驱校尉。
牛马十三万匹,无数的驴骡与橐驼,
驾起轹猎武刚车,载着藁粮,辎重;
冲輣和楼橹上扎满了赤龙旗,
皮楯头画着蓝鲛黑豹。卒伍里,
杂编着髡簪的逃犯,赭衣的匪徒,
恶棍,豪贼,和落魄成博徒的贾人子,
如今为汉家的声威混成了一军,
都提着戈矛统领在贰师的旌带下。
这十几万大军陆续开行,循渭水,
出陇西,走上了万里长征的路。
曲折逶迤,连绵着百多里的兵马,
后队的铙歌还未唱过洮河,删丹山
已敲遍了前锋的鼍鼓。这一路
踏着深秋的落叶,衰黄的枯草已

抖满了寒山，寒山顶上的野松林
刮动黑风，塞外早落下无情的冷雨。
回头看贺兰山上一片片野云飞；
沧沧的黑水向荒沙滚着呜咽的浪；
大雪山黑峰挟着白峰，重重叠叠
直叠进了云峦；从破晓到黄昏
山山谷谷听不尽的哀猿的长啸。
有时午夜远远有羌笛，似怨，似愁，
吹冷了祁连峰顶上的一轮白月。
才知道一天天远了家乡，一天天
远了，远了家乡的父母和妻子。

把清霜踏成雪，雪又结成了冰，
转过敦煌，出玉门，正交冬令。
玉门外没有了人烟村落，没有山河，
只展开茫茫的一片伟大单纯的奇迹：
北极的寒风旋过天山，直觉得
冷森森，无影无形地在大漠上转，
无影无形的，他扬着黄沙，卷着
黄沙，卷着黄沙，又扫着无边无极的
一片黄沙白草。这一片黄沙白草，
无边无极的，托住一座混沌高大

浑圆的天，叫你怀疑几千里外
果真还会有人民？有山？有水？
天边低垂着一轮冷涩苍白的，
听说这叫作流沙上唯一的落日。
流沙，流沙，这是流沙？还是一片
阴风里飘满着怨魂的死之海？
向西去！曲折蜿蜒这几十里大军
像一条大花蛇长长地爬上了荒漠，
白亮亮戈矛的钢刃闪耀着鳞光，
是鳞上添花纹，那戈矛间翻动的
五彩旌旗的浪。听铜笳一声声
扭抖着铜舌，战鼓冬冬冬敲落下
钢钉的骤雨；驼吼，驴嘶，牝骡的长嗥；
前军的呼啸应着后军的吆喝；
半空里抖着萧萧的怒马的悲鸣，
和马蹄得得得像杂乱的冰河上
敲碎了雹子点。这一片喧嚣里又
滚着隆隆的沉闷的涩雷，那干沙上
头交尾毂交毂是一串串轮轴的粗吼。
战鼓冬冬冬撼着大漠，笳声奔上天，
托着层层铙歌，像怒海上罡风的叫啸。
向西去！长蛇头顶着落日的寒光，

四面的冻云压下大野；回头看东方
一片浑沌的莽苍，玉门早遮蒙在
阴沉的暮色里。夜降了，前锋队
扎住了领头旗，全军支起营帐，
亿万朵红星像萤火颤抖着寒炊，
远近在红星外敲出刁斗声，荒夜的
朔风吹斜了一钩惨黄的上弦月，
几点蓝星：才知道塞外的长天真是座
长的天，塞外的月和星也比家乡的
星月小。

　　向西去！向西去！一天天
头顶着寒空，脚踏着漠野，冷冰冰
叫你记不清北风已吹成什么日子，
只知道月已两回圆又两回残缺，
漏了破皮靴，羊裘也补过三五次洞。
顶着冷风一步步迎来更冷的风，
风似矛尖刺入了连环锁子甲，
甲下襦裳加汗凝成了冰；一步步
高了黄沙，少了衰草。精囊和水袋
都是冰坨，马背上结起梅花的霜点；
迎面戮来的是看不见的钢刀，
只觉得刺进了胸膛，刺进了髓骨；

破晓和黄昏整顿釜灶,十指忘了会
伸屈,又愁飙风里可真难燃着炊火。
每天军簿上总勾去几十兵,这别怨
天苍,是自己的爹娘没给你铜筋骨。

这一天正赶着路,忽然领头军
一阵金钲,全军前后扎住了兵马。
抬头看,天空找不到一块飞的云,
却丢失了太阳,黄沉沉的似雾,
似烟,也分不清是进了什么季候。
飞马传下了令,叫"准备暴风!"
一时全军都慌了手脚。骑兵卧下马,
马外挡住橐驼,教辐辌车轴交轴
团团都团起了桃花锁链。干沙里
掘了洞埋下行囊,紧堵住车轮
堆起了粮驮茭藁。只听见不知是
天和地的哪一面边缘上远远地
像沉雷,闷塞的呻吟,又带着长长的
屠杀似的尖号,扑来了无边无极的一阵
凶蛮的噎塞。一转眼打着旋的风飙
卷到眼前,半空里只像是厚沉沉
一片呼啸,似恶鬼狂魔挥动蛮凶的巨翼,

驱逐着一大群狒狒吼，狼嗥，和野虎的
咆哮，浑沌沌的撼着地，摇着薄的天，
弥天扫下了坚硬的石雹和沙雨，
铜盔和铠片上叮叮敲乱了盖头钉，
噎扼着咽喉，剥着肌骨。大漠的黄沙
又似摊崩了日月星辰狂塌下大地。
听西营里似劈山样轰隆地倒碎了
一行车，背后又猛一阵狂鸣惊跳起
一队驴驼和马。暴风撒着野足一个多
时辰，两耳里只灌着说不出名的昏沉，
恐怖，震撼，恶狠狠的癫狂，只叫你
想到白骨，寒冰，想到死——
　　　　　　　　风静后，
大漠好平坦，拖开长长的柔浪纹，
没有一星玷污的痕迹；只剩给全军
死洋洋的像一大块零乱的垃圾
半没在平沙里。将军叫重点人畜：
到傍晚军校都相对无声地苍冷了脸，
默默低头把军簿册捧上了幕府营，
将军在无言的凄怆里滴下了热泪。
明天一清早，全军缓缓地又向西行，
为悼丧垂了旌幡，鞞鼓也停了响，

回头看昨日的残营,分不清是牛马
是人,只乌鸦鸦一大片僵埋的死尸体。

在铁甲的寒冰里把日子熬成了年,
梦也只梦到荒沙,荒沙,梦不见妻子。
这一天走到中午,渐渐清澄了天,
远远飘袅着村烟,有了城廓,树木。
不一刻迎面飞奔来了几十骑
狐衣貂帽的人,赶到领军前下了马,
说姑师国王已预备下醪酒肥羊,
请将军到交河城权且憩一下脚。
大军缓缓地到交河城下扎下营,
七十天才重想起房舍门窗,才又看见
红颊的白女人,青的天,亮的溪水。
这一晚姑师全城都燃起红烛,金灯,
打初更便喝缺了全国的蓄酒。姑师王说:
"我们到今天才真见识了大汉的威严,
难怪朝鲜亡了国*,匈奴北退过余吾水!"
参军李哆走到筵前举觞来上寿,
道:"这都是今上天子无量的宏德,

---

*指公元前 108 年西汉与卫满朝鲜的战争。——编者注

托天福才能统九洲,德化到四海。
代将军敬谢姑师王。"姑师王连连称:
"是子国的义务。"姑师的左译长捧上舆图,
报告说从此沿天山这一路都平坦,
再西行三十七日便能到贵山城。
将军笑,"等踩平贵山可早备迎师酒。"
国王叫献鼓乐:一对对琵琶,弦鼓和
小箜篌,拥出一队队紧袖长裙的舞妓,
软软地弯着腰,手里擎着梅花枝,
在金碧的烛光里舞成了翻花
碎月的舞。导军王恢低声说:"胡姬敢自
也有丰姿呢。"将军叹口气,"骏马和宝刀
到底敌不过眉黛红胭脂,来得是美!"
宫廷外满城噪杂着欢笑声,兵士们
今夜把姑师当做了家乡的大酺会,
忘了寒冬,忘了倦,忘了天明还得
有几千里路途;没留神一夜北风堆起
愁云,白花花落下了天山的大雪。
第二天破晓赶早起程,一天飞飘着
软鹅毛,大地上早积厚到尺来深浅,
冰着脚,埋着马蹄。远望着模糊的天山
辨不清是云头还是登天的阊阖口。

回头隔着雪,一步步消失了交河,
那似绿光一闪的温柔乡,从此又
只得留剩给夜营中飘忽的乡梦里。

雪片连天飞个不停,将军的心坎中
却渐渐叠积起恨和怒,对李哆说:
　"你记得从此向西,就进了我们前年
饥寒的地狱,三四万兄弟都死在
这些刁顽的小沙洲的苦手里!"
前冬的故事一时传遍全军,全军
壮士的心头都燃烧起复仇的烈火。
雪止的这清晨,在天山山角边,
黑灰的愁云下托出了一座孤城,
像一圈鬼影描画在山坡,不见人烟,
只干枯的几丛树。候骑先到了城门前,
堞头躲着几个背了弓的黑影,喊:
　"知道是大汉的圣军驾到,我们轮台
小国,备不起藁粮酒宴来供奉。"
　"快快开城,叫豪酋出来迎劳将军!"
　"人民寒苦,我们不敢纳天兵,请赶向
西行,听得乌垒城已经早备下粮草。"
将军大怒,招集了军侯校尉们说:

"这里就是前冬劫我们后距粮车的
强盗！军士们杀进城，我们只要人头，
不要财宝！"兵马一声喊，架起冲车，
搭上云梯，铁楯和长矛像黑浪山
向孤城拍着波涛，翻进了血井。
波涛里两昼夜的喊声，杀声，呼号声，
刀剑声，城中滚荡起黑红的火焰；
两昼夜的屠杀里渐渐腾出笑声，欢呼声，
白雪上一地斑斓的污血。校尉报
将军："从鸡狗到妃嫱，没敢余留下
一条生命。"将军传令拿残城犒赏全军，
在城楼上竖起大汉的军旗，即刻赶路。
全军兵马像洗新了勇气，冰冷的
三个整月，这铁刀枪到今天才尝着了
腥咸的暖人肉。是军马加了新装，那
车辕边矛英下答拉着血淋淋的头颅，
压队的辎车里藏满半活的女人腿。
轮台扫得好干净，回头汉旗下，像一团
鬼影描画在山坡，焦了树，灭了黑烟；
墨灰的愁云边遮没了残塌的壁垒。

向西去！这轮台的消息几日间

传遍了大漠南北。沿着山阳大道是
连绵的绿洲,从轮台到渠犁,乌垒,
狡猾的龟兹,过温宿,过姑墨,直到
队商云集的疏勒,七八座小城国
一路都结彩搭长坛赶着献牛酒。
他们说眼看见云朵里有紫影的
天兵护着汉军扫过轮台飞向葱岭。
壮士们一天天增加了勇气,天山的
石壁也一天天高,白峰推着黑峰
密密层层拥进了葱岭的一片,像海浪,
像浪牙,冠雪披松杉的千峦万岭。
羊肠的小路在乱峰里盘绕着石岩,
算是这座隔绝罗马与长安的
摩天的屏障间一线唯一的鸟道。
大军在疏勒国喂足了马匹,磨亮矛尖,
重整了部曲,班发伍符,分派作十七道,
旌旗浩荡着鲜明,攀上高山,战鼓和
铜笳一声声盘过白峰上十七座关卡。
一路常看见古怪的绵羊群,老牧人
吹着羚角笛,赤松林里奔着长须鹿;
偶遇到挑着笼担的西胡商旅人,和
背着弓矰的猎夫,咭噪着囫囵的言语。

盘下关卡，寒冬倒像转变成春天，
涩河已溶了冰，两岸像青青润出芽草。
远望大宛国村烟绞绕着村烟，绿野
杂青松，好一座太平熙攘的世界。

十七道大军集合在徼亭边，将军
发令："进宛国不许扰乱平民，剽劫良善。"
宛国的翕侯早率领巡骑迎到边疆，
来劳问汉军："为什么万里从东方
来到荒外？"军正赵始成在马上答话：
"你们还该记得三年前侮辱汉使，
椎毁了金驹？汉天子本着仁德原
不想动干戈；你们快去禀告宛王，
叫他迎飨天军，三日内快献出宝马。"
巡骑退后，大军静静地屯驻了三天，
只见远近村民忙得慌张，大宛王
并没有丝毫回讯。第四日清早
开拔了三万骑兵，一昼夜齐拥到
贵山城下。贵山城石壁有四丈多高，
城堞上光亮的戈矛密排着武士，
雷石堆得像沙丘，圜着城两丈宽
污黄的护城水。十二座城门都吊起大桥，

门楣上雕琢着狰狞的熊头和虎爪。
远远地巡城一周，将军皱了眉，吩咐
教离城三里半扎下营垒。看东北上
两三道清流流进铁城闸，左面是一片
赤松林黑得似个罪恶无底的洞；
城背后背着一座奇瑰的嘎啦山，
满山星点样布着烽燧和弓箭垒。
将军叫司马到城门前，一枝羽箭
把帛布高射上城楼，上面写清楚：
"明早卯刻不回答便屠烧不赦。"
明早卯刻天刚破晓，忽然浮桥上
一面紫鹰旗，六千胡骑拖着平野
摆下鱼丽的长阵。毋寡束着金盔
站在城楼，身边一个军酋高声喊：
"请汉军退兵！大宛国的汗血马是
大宛的国珍，大宛王也有六万噬人的
虎头军，请回国转奏长安汉天子！"
听这话贰师将军气直了双眉，
传令"攻！"汉军横排开一万铁骑，
中坚是三重矛，左右伸张开两翼，
挺矛的在后，牛皮楯接连在阵锋前；
战鼓钢锤样敲，一阵呼啸冲向敌军，

像一只苍鹰遮着天扑下四野。
胡骑也卷着狂风迎上前；两军战鼓
擂成一片闷山雷，呼声，马嘶声，
钢刀和钢刀声，转眼白光里溅一地鲜血；
血水上嗫嚅着活人头，马腿，踩烂的
尸身，半截的胴腔，零落的手和脚。
汉军的后应黑浪样推涌上阵锋，
贵山城也四路奔流出灰铁甲，
两军黑狂的叠浪交滚着，交滚着
呼号的旋涡，轻飘飘涡旋着腥红的生命。
到辰刻将尽，宛兵似顶不住狂涛，倒退向
城根，汉军更压着残颓排砸下凶狠。
忽然左面赤松林里猛一片杀声，
飞腾出一麾军，截断追兵的左臂，
护着残师似一阵旋风旋进了城门去。
汉军橹轊上暴雨样拍动连弩弓，
往满野满城斜扫下钢镞的鹫羽箭，
转眼给石城蒙上钢刺的花披风；
城上的雕弓也截住了冲城的阵线，
贵山十二面拉起了浮桥。两军击了钲，
汉兵也退回营垒；留下战场上红黑色
蠕动的一大滩……不，这一早汉军

赢夺来几百面旌旗,几十尊战鼓!
当晚在飞耀的火把光中,汉军
调开兵骑四面团团地围住贵山,
为叫城中断绝水源,用沙囊堵塞了
河流,绕着城四周都筑起了营垒;
松林乱草里埋下铁蒺藜,高岗上
架起谯楼,运军粮修起弯曲的土墙道。
兵士天天出营挑阵,箭雨往城中
飞,城门外却永远再不见敌人的影子,
只女墙上密层层竖着枪矛,高积着
雷石,乱麻样绷张开大黄三连弩。
看城壁的方石城安稳得像山,叫你
搭不上梯钩,城根也凿不穿洞口。
连日中军帐里将军和校尉都闷着
焦愁;除了延拖下日子,等城中绝掉
水,绝掉食粮,想不出要推倒这座
铁城墙得借什么魔将神兵来攻打。

日子在焦心的戒备里一天天过去,
一天天汉军虽增了援兵,一天天
贵山城却似圈上铜箍,倍加了稳固。
候骑探报说大宛的西界上来到了

康居的援兵，有六七千，骑着红马，
披着红旂毦，像一群飞焰的焦面鬼；
又听说乌孙顺着赤谷河下来了
两千豹胃军，小昆弥还犹疑着
没占卜是帮助宛城是该辅佐汉。
捕来的伏听告诉贵山积满着
两年半的茭藁食粮，并且新得的
秦人教给了他们用竹鞭挖掘水井。
一天天日子在焦虑里过去，一天天
将军沉了心；一天天青空上暖到了
阳光，初春的花又织云样蔓遮上
山野。花开倒不叫离乡人想家，他
开给离乡人以红晕的想望。一天天
围城的人像颓散了，像被时光磨倦了心，
战胜汉兵的不是恐惧，焦急，不是
疲劳（他们的意志硬过他们的刀矛），
战胜了汉兵的却是阳春暖雨天，
和大宛国红唇白肉体的年青女子。
每次巡营将军真按不住怒火烧心，
营营都搜得出葡萄酒瓮，女人的
花衣裙，和叫不出名字的零星红裤袜。
军法的皮鞭下抽得死灵魂，可是

抽不死毒蛇样一条男子的欲望。
一天天日子在等待里拖着绵长,
拖软了军鞭,拖钝了刀矛,拖淡了将军
封侯的梦影……
　　　　是三月三日,上巳佳节,
涩河两岸杨柳都垂长了飘飘的绿,
汉军在垂杨影里布下了祓除席,
为醉乡心享受了一天畅快的好羊酒。
计算笼城已拖过了一个月有零,
厌了想功名,厌了军营的黄草褥。
这一个多整月,这三十几个长天,
贵山城的忧慌也渐渐摇落掉一顶
黄金的冠冕。宛王毋寡他忘了宝座,
忘了他的珊瑚树,大秦的娇美人,
他每天从凌晨到深夜在他御苑里
徘徊,徘徊,望着他几十匹红鬃的
宝马;望着他们迎风飘动的颈鬣,
晶亮的大眼睛,听他们在疏林里
踢着蹄嘶吼。他忘了睡,忘了语言,
"杀退汉军!杀退汉军!"这是他一月来
唯一的唯一的命令。翕侯们相对
锁着眉头:"陛下,我们只剩了,只剩了

七十天的羽箭,一个月的军粮,
我们开了城插了翅膀也飞不出
汉兵的罗网。""杀退汉军!杀退汉军!
你们去杀退汉军!他们要宝马,宝马!"
贵山城街巷里打水都背着木头门,
不知哪片云飞就落下了铜箭雨;
昼夜听四野外汉军的刁斗与铜筲,
吹慌了心,敲碎的胆魄。宛王的命令
调得动兵丁,却压堵不住一天天
满城人的接耳交头,嗫嗫的细语。
"杀退汉军!杀退汉军!"唉!翕侯们
锁着眉,煎熬的日子一天天在
毋寡的徘徊里,徘徊里长长地拖过。
上巳这一夜大将煎靡奏上宛王:
"臣子们全体商量,大家不愿等绝粮后
同作空头鬼。如今有两条路请陛下
裁度:是今夜大家去拿生命换点威风,
还是陛下为几十万人民肯牺牲宝马?"
"杀退汉军!杀退汉军!"他没有踌躇,
"好,服从陛下是我们军人的责任!"
煎靡退出宫,征集敢死的兵丁,教厚甲
衔了枚,战马都解下银铃杏叶;午夜

偷开了四面城，一钩昏月像答拉着
血舌头，汉营黑沉沉只几点灯火。
轻轻的，轻轻的向前进，东南角落上
飘动旗影的该是中军，从西门向西
夺过松林便是通上康居的一条马道。
轻轻的向前进——猛一声狂呼，
城堞上摇红了火花林，一片杀声
似涩雷从城根直劈出大野。雹鞭的
急战鼓催着钢刀，夜袭兵层涌着
重叠的火浪烧进汉军的钩翅连环垒。
汉军里一片杂乱的呼嚣，将军急令
叫连起铁蛇兵，迎着敌飞出密雨箭，
中军展开乌云的双翅挡住火潮；
但听西北方一时踉跄像颓塌了阵膀，
（可怜披甲的丢掉了头盔，背弓的
慌张寻不着箭袋，一颗颗灌满酒的
梦头颅，都在刀光里滚下草野。）
两军火光焚着地，摇着山林，满城
满野疯癫的惨杀声穿过夜的天，
骇淡了星光，骇白了东天一痕晓色。
城门下金钲响时，零零落落奔回的
只有三二百兵丁；汉军里也一片残颓，

塌碎了连环垒,折了旌旗,烧了营帐,
断臂折足的凑不起全身,甲胄上
沾红的是自家弟兄的血。
贰师将军
气抖了喉咙,传全军在辕门下听令:
"大汉的男儿跋涉万里来到西胡,
这一夜伤兵败将都是谁的责任?
从今天我们抛掉生命,攻城!攻城!
要雪恨得洗清你们的军营,先除尽
啃你的仇敌,吞了你雄心的怪魔鬼!"
全军一声呼应,奔回了军营,转眼
在平原的中心山堆起一堆赤条条
雪白又颤抖着湿红的女人的尸体;
积起枯柴,四面迎风纵起烈火来烧,
污黑的浓油烟蹿上天,蹿上朝云,
遮住东天边一团浑红的新光采。

攻城!攻城!几万汉军复仇的热血
沸狂了心,"没有牺牲便永没有胜利!"
为填塞城沟斫秃了赤松林,掘尽
碎山石和涩河两岸的泥土;四面
钻着箭雨顶着雷石,背了楯攀城的,

腰别了小匕刀,几千名赤手的壮士。
尸体堆成丘,堆成山陵,云梯的铁钩
才钩上城堞;白昼四野的人浪涌成
狂涛,昏黑里火把光烧焦了石壁垒。
他们忘了夜,忘了天明,只当他
箭雨变了枯树枝,雷石只是茅檐的灰土;
只听城壁下荡地的杀声紧着摇,
好像摇得一座石城在飘忽里颤抖。
六个整夜晚又六个白天,鼍鼓声
十几里雹雨样地敲;六个白天又
六个整夜晚,一座灰城已染成了
开满红花的一团血锦。尸体堆,堆,
一天天堆上堞墙,一天天杀声杀上了
城垛;轰隆一声似罡风压塌下
西南的城楼,随着东城头也崩裂开
三丈宽的缺口。第六天一早几千人
涌着白锋的刀浪狂呼着翻上了城墙,
砸碎了城楼,在血海的涛声中
城堞上抛下了煎靡的头颅和一具
乱刀剐碎了的血淋淋的尸体。
大军像虿蜂要夺窠巢,从四城的缺洞口
顶着箭雨的尖镞飞拥进了城——将军,

将军抽一口气，在城门的尸海里勒住
缰绳，抬头三百步外又一片似削壁，似
金山；在这塌碎的城圈内巍巍地
又竖立着同样坚固的沉厚的一座
中城的石壁垒。
　　　　这夜晚贵山城里
死沉沉没有声息，满城的兵士和
人民在昏黑里等待着他们最后的
命运。宫门外樱花的广场上集着群臣，
瑟索的火把光中颤抖着他们深深的
恐怖，焦愁，和怨愤。"汉兵并不要打，
汉兵要的只是几十匹宝马和威名，
如今这罪过都是煎靡，煎靡……
都是毋寡！""他要为他几十匹红驴
把我们人民，把我们轻轻地投给
水火！让我们……""不过他是我们的
陛下，我们的王啊？""对罪恶的魔王
裁判的威权该在我们手里。让我们
献出宝马，再送出那酿祸的王冠，
汉军要不依从，那时再拼着血肉来买
我们的生命。"——这夜晚几十把钢刀
轻轻的进了宫，"杀退汉军！杀退汉军！"

可怜老毋寡秃了顶的头颅便随着
王冠包进一个绣满金驹的锦袋里。
天还没有亮，掩开城门，一匹马和一朵
孤清的白火光，使者飞奔到汉营里。
"侮蔑大汉的都因为毋寡一个人的
狂悖，我们如今献上宝马，斩了首凶，
请将军休兵，宽赦过大宛几十万生命。"
将军和李哆赵始成商议：十几万部曲
只剩到如今三四成人，看耐不住
贵山的稳固，康居又陆续来了援兵，
如今既赢得宝马，又斩了宛王头，
不如赶早回朝，对付着留一星威望。
将军许了约。第二天东郊外搭起
坛台，大宛的翕侯们列开了仪仗，
斩白马，将军歃血在赤龙旗下饮了盟杯。
两军哑着疲惫的喉咙欢呼出万岁。
翕侯们举爵说："今天才真真认识了
大汉的宏威，从此祝两国结起和平，
大宛愿永远侍奉在天子的陛下；
请将军给宛民重立个明君。"将军
发令容赦过一切宛国善良的人民，
把大宛的王冠赐给了翕侯昧蔡。

叫御苑中牵出宝马,将军抚摸着那
黑鬣,红鬃,空空地望着李哆,摇摇头,
想不出说甚么来称赞。接连三昼夜
贵山在城外宴献了白羊,美酒,与
肥牛;汉军把宝马系在筵前,一路到
今天总算赢得了一顿西胡的好酒肉。

进三月中旬大军起程,重整顿军营,
只剩了三万六千披了伤痍的骑士。
出关的牛驼早作了军粮,死马破辎车
也祭送了涩河的浊浪。执驱校尉
拣选了几十匹血汗的千里驹(只愁
找不出比六郡的黄骠有甚么奇特)
和几千匹坐骑,大军分两路越过葱岭。
南路的一支兵去扫荡了郁成国,
斩了蛮王,郁成屠剩了一座荒谷。
北路沿天山旧道,一路过城廓,过
沙洲,过河,天山点翠了碧蓝的春夏;
一路上不断的有诸国奉飨牛羊,
但鼙鼓声已催不动疲乏的脚步。
离了姑师正逢着焦灼的毒太阳,
烧热流沙上几千里的干涩;几千里

找不着树木可以憩肩，没有凉风，也
寻不到流水。一天天胸背上汗凝成胶，
玉门却远远的，远远的隔着干沙，
干沙的几千里地。脚掌下干沙像焦热
蒸着烟，天空却永远是金黄黄的
一轮好太阳，没有云丝也不滴一滴雨。
不久像有只无形的魔爪抓住了全军，
瘟疬神每夜来解决百多个小生命，
遍身的红斑点转瞬便黑断了舌根，
说是太阳神拿针尖刺焦的髓骨。
为赶中秋贺万岁，校尉的皮鞭下
哪敢说声憩，（好在宝马已成了功，鞭的
不过是逃犯，剽贼，和落魄的贾人子）
天天的毒太阳接着无风的闷暑夜，
一步步好容易算捱到了玉门关外；
到玉门才有人问起去年冬天可寒？
忘记了，仿佛大漠是火焰，没有过风雪。
玉门关都尉检点这凯旋军，怎么？
怎么只有瘦马七千，和一万来名
凹着颊拖着腿的像幽魂的老骑士？
怎么，宝马？没留神宝马也混进了关，
怎么没看见玉眼，金蹄，背脊上汪着血？

当然，昼夜地赶路也没赶上中秋；
所幸天子宽仁，虽然伤折了大军，
为万里振皇威，不录将军什么过错。
随将军一路来了西域多少国使臣，
黄门领他们游览了长安和上林宫苑：
上林八百里奇花异兽，三百多处离宫；
长安的锦绣楼台，一座天堂的城市。
将军牵了宝马，拜登上未央龙凤宫阶，
群臣在玉堂前给天子举爵上万寿；
将军捧金牒受封万户作海西侯，
赐了甲第；随行的校尉们都除官
加了爵；宝马也敕封了，唤作"天马"。
残伤的兵卒人人都拜奉了皇恩：
四匹帛，二两黄金，还有轻飘飘的
一页还乡的彩关传。
　　　　但是这大宛
四载的征伐，消息传遍了葱岭西，
葱岭东，传遍了羌胡和天山南北。
流传的故事说大汉的长安城中
坐着一位人皇，是上帝的儿子，
他三个头，六条膀臂，他会说一种

神奇不可解的语言：他说要风，
大漠上就卷起了昏黑的风；他说
要西征，半天的黄云里就飞落下
千百万神兵和雨点儿似的箭；
他说要神山，大海里真就飘出了
三座神山，飘进黄河，泊在昆明池里。
西国的烂兵马哪能够敌得他强？
让我们赶紧带了珍宝快到长安
去祈求他给我们锦绣，丝绸，和钱币。
但是大江南北和关东的老百姓
从这时也传出一个珍奇的故事，
虽然爹爹兄弟永不见回来，好亲人
伴了老黄牛永远在西方耕起地亩。
他们说宝马已飞到了长安，上林苑
给他筑起了一座高巍巍的安神殿，
他全身是麒麟甲，闪亮着霞光，
白玉作的四只蹄，刻着"未央长乐"，
他两眼是闪电，呼吸是风，他头上的
金角一摇便落下了春天的甜雨点。
从此中国再不怕洪水或魃灾，
他会体贴农人，给我们和风时雨，

帮我们的麦穗长得美，长得肥，长，
帮我们的黄牛永远年轻有气力，
帮我们的春蚕多作大茧，帮我们的
小姑娘早嫁给坐驷马高车的美男子。
每到寒食家家供奠了美酒，佳肴，
向西天遥遥的祈祷，（春风在墓地里
垂着泪扬起纸钱灰）祈祷西天外
爹爹兄弟的安全，好亲人永远享着
和平，快乐；再祈祷苍天教长安的
天马万寿无疆，保佑我们种地，摘桑，
年年有甘雨和风，过着太平好日子。

首刊于《大公报·文艺》（1937年4月11日），同年再刊于《月报·文艺》（1937年第6期），第1327—1337页。此处文字据《宝马》（文化生活出版社1939年版）。

卷四　秋灯

青春者的梦

我轻轻飘入梦乡,
梦我额角已白发苍苍,
啊!旧日那满含青春的热血的江南的天!
今日的江南已非旧日青春的梦,
却飘着凄风,飞着冷雪,叠着冬山。

这雪呀,一片片打得我心头惶惶,
这夜的长呀,怕得我心头悚悚,
破衣褴褛,白发的我孤独地,在这
春的江南,奔着我孤独的路。

一步步我忍饥寒冲着雪走,
一步步奔过衢巷度过街头。
在这雪夜里冷静的江南呀,我已认不得
当年,春帆的脉脉,绿水的悠悠。

我停住蹒跚的步,举起干瘪的手,
我已立在一个酒楼的门前,
往年的门灯,昏黄如鬼火,依然还在,
那样可爱的繁华壮丽已远不如当年。

梦我颔下已白髯半尺,
玫瑰的青春已随逝水茫茫。

我似又回到故乡,那可爱的江南,
我勉强爬上这颓腐的楼梯,
这里曾有青春的酒滴过千万滴,
那近窗前昏灯下坐着一个孤独的老者——
　"嗳呀!苍天!朋友,原来是你!"

"嗳呀!苍天!朋友,原来是你!"
"嗳呀!苍天!朋友,原来是你!"
两杯热酒,一对白髯,几行酸泪,
　"唉!苍天!朋友!原来是你!"

两杯热酒,一对白髯,几行酸泪——
　"我们想什么当年的友爱,已逝的青春!
这里我们会洒过多少青春的美酒,
这里我们曾留过多少青春的歌声!

"你额角的白发已苍苍,
我额角的白发已苍苍,
我们都已尝过个人生的渺渺,

我们都已味过个人世的茫茫!

"我这五十年,我这五十年,
已踏破了铁鞋,走遍了塞北与江南,
我每天每夜作着青春的梦,
谁能忘当年蝴蝶的狂啜,燕子的蹁跹!?

"我已知道髻龄不再回还,
我也会解释甜蜜莫过于甜蜜的春天
我几乎为春天流涸了我的热泪,
我几乎为春天写尽了我的诗篇。

"我留青春留得白发飘飘,
我留青春留得形容枯槁,
我年年写诗篇送春归去,
我的诗篇与年华已随春老,

我想不到青春如此的嫩,
我更料不到你的白发已零零,
我真不信你,朋友,你会'老',
我只记得你的青春的灿烂,灿烂的青春!

"这一杯酒，这几滴泪，朋友，
让我们同送春归春归不再生！
已逝的童年呀已埋葬在苍苍的白发里，
这苍苍的白发呀，已裂了我残余的心！"

冷冷的雪埋着江南的尸，
凄凄的风奏着江南的曲，
苍苍的白发对着辛酸的泪，一双
在春天的梦里干涸了的心，寂然无语。

雪愈大，风愈狂，
我们酒后街头奔着足步的踉跄，
眼前消失了一切光明与世界，
风雪里浙浙地苍苍白发犹飘扬！

三月十五夜灯下

《南开双周》1928 年第 2 期，第 12—15 页。

请再进一杯酒吧，朋友

　　请再进一杯酒吧，朋友！
你我都在青春。
你我都在饮着青春的热血，
你我都在歌着青春的歌声。
我们的路上遍布着红花绿草，
我们的心中蕴藏着博爱与同情。

　　请再进一杯酒吧，朋友！
我忍泪不敢想现在的春天；
我忍泪不敢想已逝的髫龄；
我忍泪不敢想将来的你我；
我忍泪不敢想人世的零星；
我忍哭声不敢诉青春的你我，你我的青春。

　　请再进一杯酒吧，朋友！
热情烧碎了我心灵的天真，
柔情扰乱了我心灵的安定。
流波滴熄了英雄的烈火，
浅笑熔化了烈士的钢心。
我—我—我猜不透这变幻的人生！

请再进一杯吧,朋友!
你我都在青春,
酒后的回味里青春春更青。
这杯酒留给你青春常在,
莫待白发时叹有酒无青春。
让我们在这昏灯下一饮青春的血,
让我们在这酒后同歌青春的声!

三月十二夜

《南开双周》1928 年第 2 期,第 15 页。

沉船

呼,呼,呼……
　　把这昏黑的夜吹得一塌胡涂!
ㄎㄨ,ㄎㄨ,ㄎㄨ……
　　ㄎㄨ,ㄎㄨ,ㄎㄨ……
　　江涛随狂风叠成山。
狂风狂浪挣扎着要把这

乌云密锁着的夜幕挤散；
乌云偏织着，拥着，紧缩着，
　　恨不得拉住了夜永不让他归还。

呼，呼，呼……
　　　ㄎㄨ，ㄎㄨ，ㄎㄨ……
　　狂风竭着力地吹，吹，
　　　只帆船在江心喘着气地飞。
江涛竭着力地翻，推，
　　　只帆船在江心喘着气地飞。
呼，呼，ㄎㄨ，ㄎㄨ，
　喘着气地飞，喘着气地飞，
　　喘着气地飞，飞，飞，
呼，呼，呼……
狂风在江面打起回旋，
樯头摇曳着半明半灭的灯，
甲板上奔着几簇朦胧的影。
　　"兄弟们！干呀！
　　　你们拉住绳！
　　不管扯得下扯不下那蓬，
　　　你们还别放松，
　　　拉住那绳，那绳！

　　　　别，别放松，那绳……"
　几簇朦胧的影，
　　一盏摇曳的灯！

左摆，右摆，摇曳的灯，
左奔，右奔，朦胧的影。
　"兄弟们，干呀！
　　　留神那樯要断了，
　　　朋友，拉，拉，别放松，
　　　喂，好朋友，拉住那绳！
　　唷，那舵！糟，折了，折……
　　　　别管他，朋友们，扯住那绳！"
　几簇朦胧的影，
　　一盏摇曳的灯！
明一会，暗一会，摇曳的灯，
这一簇，那一簇，朦胧的影。
　"兄弟们！干呀！
　　　樯不会断，别怕！
　　不紧要，你们拉，拉，
　　　朋友，别怕死，
　　你去帆角解那扣子，
　　　往樯头上爬……上爬，爬！"

奔着朦胧的影，
幌着摇曳的灯。
风——呼，呼，呼……
浪——ㄎㄨ，ㄎㄨ，ㄎ……
　　拉，拉，拉，
　　　爬，爬，爬，
　呼，ㄎㄨ，呼，ㄎㄨ，
　　蓦地一声喀嚓——
　"樯断了，躲，朋友，别怕！
　　朋友，别怕，躲，别怕！"
　呼，ㄎㄨ，呼，ㄎㄨ，"别怕，别怕……"
呼，呼，呼，风是依旧狂吹，
ㄎㄨ，ㄎㄨ，ㄎㄨ，浪是依旧翻推。
江心的船打起回旋停止了飞，
破船随了风浪……满了水……
　　明灭的灯，瑟缩的影，
　　"兄弟们！干呀，随我来！
　　　别怕，朋友们，随我来！
　　拉，拉，朋友，我们唱呀，
　　　让我们拉这绳呀，永不放开，
　　　　永…………不…………放…………开！
　　　　　兄弟们呀，随…………我…………来…………"

呼，呼，呼，狂风在狂吹，狂吹，
ㄅㄨ，ㄅㄨ，ㄅㄨ，恶浪在翻推，翻推，
　　浪随风波成冈峦，
　　风在江心打着旋回！
　"兄弟们呀……
　　　　随……我……来……"
　狂风狂浪打着节拍……
风狂浪狂，挤着夜幕，挤，挤，
　乌云织着，拥着，紧缩着，
拉住昏沉的夜永不叫他离开！

　　　　四月十日

《南开双周》1928 年第 3 期，第 6—9 页。

我离不开你

爱，我常闭目寻思着你的眉，
寻思你眉头的一脉春晖。
爱，我又常闭目寻思你的双颊，

那一脉春晖中袅娜着粉色的桃花。
我又常寻思着你的纤纤的手,
你的蓬松的发,你的玫瑰的口。
爱,我最怕寻思你流波似的眼,
啊,那流波呀,似天外明星点点;
我更怕寻思的是你那一对梨涡,
啊,那梨涡呀,洒柔情似春雨的婆娑。
我爱你那流波转动时的一点天真,
我又爱你那春风中的翩翩的背影,
我常常这样闭目寻思着你的精灵,
却有时反不能把你清晰地记省。
爱,你还记得我们曾在新月下几度蹒跚,
我们的泪常陪朦胧的新月阑干;
你又记得我们曾在夕阳中并肩闲步,
我的心常随落日的余光突突。
我们曾在山头看朝云的变幻,
我们曾在水上咏清波的漾漾;
我们也已尝过秋夜的怆凉,
我们也已歌过春风的荡荡。
爱,这绵绵的已逝的情丝呀,
永在心头上闪逗,自然间摇幌。
我已记不清是那一个春雨淅沥的天,

淅沥的春雨断断连连——；
你给我讲春雨连绵的故事，
我给你诵连绵春雨的诗篇。
你笑，我笑，我笑，你也笑，
我们笑工愁的春天居然有这样的悠闲。
更记不清是那一个月明的夜，
晶莹的月陪着我们，我们陪着晶莹的月；
你问我为何深深的夜还有鹧鸪啼，
我劝你休顾鹧鸪但听更声点点滴滴。
我们恨满地睡花无语，
我们怨花间的树影纷披。
爱，我爱，我离不开你，我离不开你，
你已占了我整个的心灵，
我将避不了空虚与烦闷心袭攻，
除非你在笑靥里给我的一点柔情！
清灯下，这一痕愁泪，这一阕情歌，
陪我慢慢地把你的面容记省。
爱，我离不开你，我离不开你，
你已夺了我整个的心灵！

《南开双周》1928年，第3期，第9—10页。

船头

我独坐船头痴想,
觉不得雾霭苍茫,
看归鸦绕着夕阳,
看人影随波摇荡。

遥遥处灯光昏昏,
再远处山影沉沉。
留不住斜阳余晖,
我心随暮霭昏沉。

未留神鱼儿喽喋,
未留神柳丝摇曳。
呆看着桨打波纹,
一轮——两轮
只揭不去心头的那
一页——两页——

四月四日

《南开双周》1928 年第 5 期,第 18 页。

诗五首

结束

没有一滴泪,一声叹息,
静静四周死一般的沉寂。
我拾起片片枯黄的落叶,
埋葬一朵苍白的玫瑰。

我怀中藏着苍白的玫瑰,
拾起片片枯黄的落叶;
玫瑰是早已苍白,枯萎,
再寻不到当年的一丝
一点青春,美梦,天外的迷醉。
我拾起片片枯黄的落叶,
要葬这朵苍白的玫瑰;
心湖上一声声哽噎着呜咽,
心湖上慢滴着滴滴酸泪。
寻思着苍白枯萎的玫瑰,
给我的当年一丝丝记忆;
时光在阴影里拍着螺纹,
我把螺纹一轮轮体会。

夜风像已葬入古国，
西天斜挂着孤零的冷月；
静静四周死一般的沉寂，
没有一声叹息，一滴泪。
我堆起片片枯黄的落叶，
冢葬了这朵苍白的玫瑰；
像一座测不到底的深井，
我把心和记忆向井底投坠。
我和世界从此告一个结束，
再不问宇宙怎样奔他的路途；
让遗忘遮漠了已往，
让云烟掩盖了心湖。

我埋葬了这朵苍白的玫瑰，
没有一声叹息，一滴泪；
随玫瑰殉了记忆，我的心，
我拾起余剩的一片枯叶。

歌儿
我轻轻踏过四月的田野，
耳边粼粼有银流的歌声；
歌遍了明媚春光的醉人，

这欢娱的歌儿是我的心。

田野上吹来了清风习习,
歌儿,赶快随着清风飞!
飞过麦田,再飞过果园,
飞过那野花开遍的流溪,

飞过山坡到我爱的窗前,
送给她我心头一朵仙花,
再给她唱一曲春光的歌,
告诉我爱说歌儿在想她。

秘密

像古井里的一流苦泉,
我心的心底有一个秘密,
每当悲伤锁上了眉端,
那是我在秘密里愁醉。

我问玫瑰,我问青松,
告诉他们我心里的忧愁,
我又告诉燕子和蜻蜓,
他们都向我惊讶摇头。

我滴着泪,慢步回家,
遇见我爱在篱边采花,
我不敢告诉她我这秘密,
我怕我爱也摇头惊讶。

舟子

每当江鸥倦穿着暮霭,
天边斜挂起晶莹的月钩;
安闲逗不起半点思潮,
我独自散步在江腰渡口。
舟子高声问我要江船?
我笑笑总向舟子们摇头。

舟子问:"孩童,为何不买渡?"
我扬首仰望着晶莹的月钩,
 "我夜夜梦中有仙儿招手,
邀我渡过那天河的银流,
泊头月船只苦无人掌棹,
江边船老可能代我划舟?"

仙笛

我天天从幽谷踏向海滨,
傍海涛吹起银红的仙笛;
笛声吹彻了海上的清风,
笛声流荡在海波上纡回,
笛声传遍给五彩的云霓。

我天天傍海涛吹起仙笛,
海涛扬起了醉人的清波,
飞鸟一群群绕着我头顶,
春风在林梢应和着新歌。
山花都远远地低首静听,
绿草随着笛声舞起旋螺。
有时天星也倾听得神往,
闪烁着银光跨过了银河。

我天天傍海涛吹起仙笛,
笛声传遍了傍海的村庄。
把欢娱传给牧羊的童子,
把忧愁传给采花的女郎。
有时传送到遥遥的仙岛,
仙人都飘起嫩紫的云裳,

携手在云端欢乐地舞踏,
我身边洒遍百花的芳香。

我天天傍海涛吹起仙笛,
我吹起青春无涯的忻欢,
我吹起天宫永久的恋歌,
吹起云端圆月样的容颜,
吹起爱海里沉醉的波澜。

我天天从幽谷踏向海滨,
傍海涛吹起银红的仙笛。
笛声虽传遍自然的美丽,
不愿自然还我什么消息。
自然知道我清润的笛声,
自然要懂我笛儿的心情;
可是笛曲在我心宫深处,
只有爱认识我底里的魂灵。

《清华周刊》第 36 卷第 2 期(1931 年),第 125—129 页。

写照

Vostro saver non ha contrasto a lei:
ella provvede, giudica, e persegue
suo regno, come il loro gli altri Dei.
　　　　——Dante: Divina Comedia

Consequently I rejoice, having to construct
　　something
Upon which to rejoice
　　　　——T. S. Eliot: Ash Wednesday

是深秋十月，深深的夜，
我隔窗呆望着阴沉的街，
衰黄的街，衰黄的街灯，
阴霾的天，秋风吹扫着枯叶。
心中冷清清，一盏孤灯，
一炉火，等候着秋雨来临。
隔街的楼窗有豆样的灯光，
一句句顺秋风送来凄凉，
小女孩儿疲倦的歌声。

呆望着街灯，我静听，

心头一片秋叶孤零。

我静静地想——
（不是筹思，不是计量）
一轮轮，一轮轮昏黄的希望，
向昏黄的雾霭里追寻，
一抖两抖蝙蝠的翅膀；
一轮轮，一轮轮昏夜的遐想，
渺茫中几鳞萤火的灯光。
我知道，我总不会知道，
我不能懂，我不能明瞭，
这孤零的枯叶向那方飘？
我知道，我总不会知道，
这一点流星向何处消沉？
这一叶渔舟向哪方摇？
我合上眼只一轮轮
昏黄梦里昏黄的雾，
昏黄的街头何处有路途？
荒漠的街头何处有路途？
我像云游的僧人斜倚着古刹的颓门，
遥望着天边几点疏星，
几滴泪；在空漠的心头描绘，

昏黄落漠云游的路程。
何处有灵台何处有梦？
我不能欺骗，我不敢希望，
何处有荒园孤岛？
任孤筏飘荡在昏夜的海洋。
冥冥中时光拍抖着羽翼，
阴静的波流流过记忆，
流过心头，流入夜雾苍茫。
我呆望着街，呆望着街灯，
阴霾的天，枯叶转着秋风。
我静静地想，心中冷清清，
我不敢攀着一雨丝酷冷的波流，
只慢体会一轮轮，一轮轮昏黄的希冀抚慰着忧愁！

呆望着街灯，我静听，
心头一片秋叶孤零。

我静听，我静静地听，
隔街凄凉女儿的歌声，
街头枯叶里秋风的叹声。
不是梦幻，
我知道，不是梦幻！

时光默默在阴影里流，
葬入迷濛解不破的云烟，
我且在颓朽的心田里拾起
描绘着当年的零萼落瓣：
那像十年前，五十年前，
那像是遥遥千百年前，
花样的春光花样的梦，
绿荫的山谷，呢喃的鸟鸣，
山城面对着遥远的海天，
银帆掠过白云的路程，
多少青春欢娱的伴侣，
垂髫的弟妹，真诚的友朋，
天真心底的温存和爱慕，
天真的笑，天真的面容……
不是梦幻，
我知道，不是梦幻，
心湖里隐隐有熟闻的歌声，
耳边清晰地有儿童们呼唤。
如今，如今旧梦丝丝随落叶凋零，
记忆葬入了遗忘的丘冢。
深夜枯守着炉火半温，
合目默数着时光的漪沦，

像是在深冬灰黄的暮霭

烟云里层层蒙罩着烟云。

真诚化入了人海的狂潮，

各自向人生暗影里沉沦。

如今，如今各自去笑，各自去忧愁，

各自燃起半明的灯，

奔寻各自昏黄的旅途；

空余一片依依的幻影，

将辛酸的记忆沉入了心湖。

如今，如今我不用追悔，

从今我再不问，再不索求，

（死草不会重生，枯泉不能再流。）

让我独自体会这冷清清，

一片衰黄的枯叶孤零。

且掩过心灵丝丝伤痛，

呆望着街头，静静地听，

一炉火，一盏孤灯，

自己枯守着衰老的龛笼，

描绘着一轮轮昏黄的烛光，

阴影里一只只黝紫的烛椠。

让酸泪滴滴化入氤氲的记忆，

默数着一喋喋，一喋喋，时光在波面清晰的步声。

秋风轻拂着窗帘动荡,
心头一片秋叶苍茫。

我不问,
轮回外更有什么试探和折磨!
任变幻的山河中有变幻的山河,
鳞鳞的逝波追逐着鳞鳞的逝波;
任昏黄的梦幻幻梦着昏黄的梦幻,
人生的网罗拢套着人生的网罗。
我不知,
千年史籍里有兴衰转变,
阴沉的暗流中有失有得?
我只双手慢抚着无弦的琴,
心灵里呜咽着结束的歌。
让我静静地孤坐,静静地听,
隔街凄凉女儿的歌声,
独对着一炉火,一盏孤灯,
呆望着街,等候秋雨凭凌。
莫再润饰这将涸的灵泉,
灵泉自有灵泉的路程。
我不用指路的碑碣和驿站,
我不求宇宙的节律和准绳。

让我收拾人生的琐碎和零星，
让我偷闲打扫，
让我偷闲打扫人生的琐碎，
燃起心灵昏暗的灯。
前途会更有阴霾的穹庐，
前途有更荒更紧的风。
莫再问这孤零秋叶的梦；
秋叶更飘向何方转向何方，
何方终抵秋叶的旅程。
我不敢侵袭
我不敢侵袭这冥冥中
冥冥中扭绞着轮回的轮回的锁链；
永恒的命运自有钢索的网笼，
网就命运永恒的灯。
让我且呆望着街灯静静地听，
凄凉女儿午夜的歌声，
时光践踏着心流的阴影，
默想着人生，人生的一鳞半爪，
随秋风枯叶，丝丝缕缕，扫入了昏濛。

一九三一年十月

《清华周刊》第 36 卷第 6 期（1931 年），第 385—390 页。

诗五首

SHELLEY

清风吹拂着海上的流云,
　　拂入无垠的蔚蓝的天,
　　海天极处飘来银铃云雀的歌声。
啊! 真纯! 天赋的真纯!
　　莫求在这污丑的世界,
　　——这里残杀挽着虚伪,
　　罪恶和阴谋像丘陵重叠——
　　莫求,莫求在这污丑的世界
追寻一样真纯的心!
啊! 不灭的童真!
九天云海天边天外,
天才自能与宇宙同存,
灵慧的天国,自由的邦土,
啊! 童真当是诗人的宫庭!
让片帆沦入钢涛猛浪,
　"死"在真纯里是"灵之永生"!

山中

我步上山路逶迤,

口中轻唱着村歌；
四周是山岭连绵，
满天有白云巍峨；
踏步青茵的山路，
口中低唱着村歌。
　　我的妮儿呢？
　　妮儿，快来！

遍谷葱翠的绿荫，
绕身有山雀翩飞；
拂耳流泉的幽曲
流入心湖里纡回；
仰首看遮天漫岭，
数不尽山雀翩飞。
　　我的妮儿呢？
　　妮儿，快来！

何处这伐木丁丁，
敲破群山的安宁？
我停步倾耳静听，
只满山泉声鸟声
洒遍了山巅谷底，

何处这伐木丁丁？
　　　我的妮儿呢？
　　　妮儿，快来！

慢循崎岖的山路，
随着山雀一群群；
信口轻唱着村歌，
仿和着泉声鸟声；
妮儿一定躲着我
藏在隔山的桃林：
　　　我的妮儿，
　　　妮儿，快来！

双翼

我若有双翼，
我要轻飞，
飞穿层云，
飞上天极；
傍着银河
吹一曲仙笛，
织几丝清风，
采两朵云霓。

偷吻一颗颗
星儿的娇羞，
濯我的双足
临月光的银流。
夜莺，随我飞！
云雀，播谷！
放开你们
银铃的歌喉！

抖一抖翅
在湾月的船梢，
潜跨过金朱
橙紫的虹桥。
饮几滴露珠
再去寻追
那流星的灯儿
在天海里飘飞。

如果我知道
仙儿的宫庭，
我要寻访

在云水丛中。
仙儿会歌起
欢娱的梦境,
我愿永久陶醉
在梦里的歌声。

记忆

我当珍留这一缕,一轮,
这一朵黄金的记忆,
像云外天外一颗星光,
永映着在我的心潭心底。
让山峦会融化成无形,
海洋干涸到没有滴水,
或是史籍一片片凋零,
古国的旧梦会丝丝枯萎。
让这些都变做茄色的幻梦,
一缕衰烟,葬后的钟声,
我不愿探问,我不愿照顾,
任人世在阴影里,模糊的
暮色中,随逝水长流。
我不怕不悔,我当珍留,
这磨不灭的一缕,一轮,

这一朵黄金的记忆,
像云外天外一颗星光,
永映着在我的心潭心底。

如果

如果,如果有一天我老,
我筑一椽小小的茅屋,
在山顶,或是在海滨,
再不用打探行程的路途。

我要豢养两三只羔羊,
为我心中爱慕的儿童,
天天伴他们在草坪上玩耍,
听远寺传来薄暮的钟声。

或是窗前种几株玫瑰,
不用管花开,花儿枯萎,
只要叫琪儿那顽皮的女孩,
每日浇一些清澄的泉水。

不用寻思,也不用记忆,
朝朝在窗前静看白云飞:

今晨也许白云会飞远,
明早白云依旧会飞回。

如果,如果有一天我老,
我筑一椽惬意的茅庐,
在山巅,或是在海边,
再不用打探人们的路途。

《清华周刊》第 36 卷第 7 期(1931 年),第 449—454 页。

中华

I
巍我中华,巍我中华!
昆仑望不断千年积雪!
长江滔不尽多少豪侠!
巍我中华,巍我中华!
塞北飙风穿不透汉家铁甲,
东海朝朝是眩眼的朝霞;
峨嵋山前不断有白云飞,
江南年年织遍了锦绣的春花。

巍我中华，巍我中华！
山河洒遍了中华的血泪，
中华男儿，万里邦家！

II
巍我中华，巍我中华！
黄河波涛狂拍着龙门，
和平拢抱着两岸桑麻。
巍我中华，巍我中华！
楚疆烈士埋葬在汨罗，
巴山猿泪犹依恋着太白，
秦中振荡着霸王的魂魄，
长风哀唱着古国的悲歌。
巍我中华，巍我中华！
山河洒遍了中华的血泪，
中华男儿，万里邦家！

III
巍我中华，巍我中华！
不变胡马铁蹄，瀚海罡风，
撼不动万里不朽的铜城。
巍我中华，巍我中华！

史篇充满了汉家的灵慧，
四千年蕴成东亚的文明，
海滨万里浑浑的涛声，
朝朝歌颂我亘古的英雄！
巍我中华，巍我中华！
中华数不尽的伟业奇功，
中华男儿，永保这光荣！

IV

巍我中华，巍我中华！
弯你的强弓，举起矛戈，
为我中华，重整山河！
巍我中华，巍我中华！
中华永远是中华的邦土，
中华炫烁着傲世的荣华！
生是中华的赤心热血，
此身薤粉葬与我中华！
巍我中华，巍我中华！
中华山河，要青春的血泪，
中华男儿，永世的邦家！

《消夏周刊》1931年第6期，第174—175页。

这当是苍天的疏忽,苍天的过错,
在运命的程途中叫你我相遇;
你的美,你的真纯网上了我的心!
呵,苍天!这又是苍天的残酷,
春风带来了机缘,又重吩咐
春风吹散萍水,各奔路途;
离别时春风里只轻轻的一挥手,
从此在人海狂涛中宣告了结束!
如今遥望着云山,千里万里,
远隔着海波汪洋,得不到一只字,
一行书,一痕消息;仰天也不知
哪一颗星下是你的灯光,居处!
也许你还记得,也许你会忘却,
海滨几日的忻欢,这天涯
尚有当年曾经几日相知的伴侣;
你也许解不得这曾经润过的
心弦,颤抖着丝丝回忆的怅惘。
我不能忘记,女郎,我忘不了
这旧梦,这一朵醉人迷人的花,
心头留下的这机缘的痕志。
旧日海波的记忆,青山,帆影,
海滨城市疏密的灯光,街巷,

这些迟早会遗忘,像流波的消逝;
也许此生再能一次次重见
同样的异样的山,海,帆,城;
但我不会忘,忘不掉的是
这萍水相伴相偕的几个朝暮。
你的步履,你的笑语,你的姿容,
你的温存和体贴,这一缕,
这一轮黄金的记忆,性灵的识解,
永刻在底里的心宫。 你对我,
像是无垠的深碧的天穹,一个
纯洁的理想,完美的典型,
一个天国神圣的启示,赐与我
新的人生,新的宇宙;像天边
遥远的一盏星灯:我仰望着天,
我将走我的路。 虽然苍天再不会
给还这机缘,给我你的一痕消息,
一只字,一行书;此生又安能
哪一地,哪一天,再一度萍水的逢遇?
但这遗留在心宫里美的忆像,
你已是我灵的光,生命的露,
梦幻中乐园的神女。直到我
这浊身告了最后的裁判,这幽灵

当随清风入天国，再听你的声歌，
再见你的眉，你的笑，你的秋波，
你的步履：那时我当秉虔诚和至德，
献与你这性灵中完整的山河！

二十年秋

《清华周刊》第 37 卷第 1 期（1932 年），第 80—85 页。

月

啊，明月，你是天国的仙灯？
　亿万银星比不上的晶莹；
庄严里保守着至高的纯洁，
　永恒中慢步云天的路程。
——你给我人生无上的理想：
　灵辉普照着天海苍茫！

《清华周刊》第 37 卷第 1 期（1932 年），第 86 页。

木舟

两岸听不到一丝风。
林梢也没有枯叶的叹声。
我驾着一只枯朽的木舟,
阴沉沉的河面找不到波流。

我驾着一只枯朽的木舟,
河面没有一纹波流。
双手慢推着枯朽的桨,
两岸苍林阴沉沉压在心头。
心头没有记忆,没有泪流。
只茫茫一片灰黄的雾,
深冬薄暮灰黄的雾,
锁着心,锁着记忆和忧愁
我不愿想,我不愿思筹。
我低下头,看看衣衫的褴褛;
双手拢一拢衰草的乱发;
我低下头。
我知道,我都知道:
任两岸没有风,没有枯叶的叹声,
河面也抖不动一丝波流。

让我双手慢推着桨
划动这衰颓枯朽的木舟。

我不愿想,我不愿思筹。
心头没有记忆,没有泪流。
我不去空寻引路的灯,
也不希望有一天会划到渡头。
我只缓缓地,缓缓地推动这枯桨,
合上眼,静想双桨拍着水流,
双桨拍着静沉沉的水流,
幻想双桨打起衰老的螺轮葬入渺茫。
不用悔,我不怨,不求,
我不问何时能划尽这阴沉的水流。
拢一拢发,看看衣衫的褴褛;
我低下头。
我知道,我都知道:
两岸找不到一丝风,
河上抖不动一纹波流。
任沉寂埋了心埋了忧愁。
不用悔,我不怨,不求,
不管无声的水流有没有运命的轮轴,
我只缓缓地双手慢推着桨,

向昏沉中,向不可测的昏沉中,
缓缓地划动这枯朽的木舟。

《清华周刊》第 37 卷第 7 期（1932 年），第 829—830 页。

工作

是在甜蜜的春夜,
　　我飞！我飞！
飞过幽林的夜梦,
飞穿林叶的纷披；
不惊动一株小草,
不打扰一朵蔷薇。

随着清风的裙尾,
　　我飞！我飞！
抖抖蝉翼的羽衣,
踏着绵软的云霓；
潜听星儿们细语,
偷吻斜月的修眉。

和半空清露欢笑，
　　我飞！我飞！
陪伴萤儿的流火，
循着蝴蝶的路程，
替每一颗花苞花朵，
燃起银红的夜灯。

每一盏银红的灯下，
　　我飞！我飞！
一轮轮天真的微笑，
画上婴儿的面庞；
让我在你们床头，
把仙歌一曲曲轻唱；
洒给你雪色的仙尘，
再飞回永恒的梦乡！

　　　　《清华周刊》第 37 卷第 7 期（1932 年），第 830 页。

经典

慢翻古代的经卷，

镌刻着万载的精英；
默对着性灵的山水，
　　低头向伟大的心魂。

我看见双双灵眼，
　　闪着银灰的光芒：
潜探人生的秘蕴，
　　深索宇宙的宝藏。

浑浑海涛的澎湃
　　伴他们严肃的歌喉；
慢述千年的幻梦，
　　豪歌万古的悲愁。

我眼前悠悠飘过
　　一个个不死的精灵，
来从遥远的古国，
　　步向太空的永恒。

怀抱满胸的灵慧，
　　至德和童心的真纯；
遗留下千花万卉，

流传与百代后来人。

我向群星低首，
　　静听山海的颂歌：
满眼金灯炫烁，
　　指路向永恒的天国。

　　　　　　　《清华周刊》第37卷第8期（1932年），第934页。

铃声

滴零零，滴零零，
　　何处这铃声？
松林遮了来路，
　　满山春雨迷濛。

远远朦胧的村野，
　　朦胧古树炊烟；
半空低压着云峦，
　　云峦遮了山峦。

滴零零,滴零零,
　何处这铃声,
摇破山巅谷底,
　迷濛春雨的安宁?

双足慢循着石路,
　踏湿了双鞋;
春雨唤醒了花梦,
　在松荫里半开。

滴零零,滴零零,
　绕山径竹坞,
是伴春雨的恣意?
　是伴孤零的旅途?

是有仙人的宫庭,
　风吹檐马叮咚?
滴零零,滴零零,
　何处这铃声?

像是琳琅玉佩,
　流波样的清悠,

摇渡淅沥的春雨,
　　送来游子的悲愁。

滴零零,滴零零,
　　何处这铃声?
铃声引着前路,
　　满山烟雨迷濛。

　　　　《清华周刊》第 37 卷第 8 期(1932 年),第 935—936 页。

安闲

你只要你给我片刻的安闲,
叫我静静地吸一斗烟,
喝一杯苦茶享一时沉寂,
无须眼前有流水青山。

我一定不想美酒和宫庭,
不想梦里的英雄美人。
只要你给我片刻的安闲,
我不管世界化成烟云。

你容我静静地吸一斗烟,
合上眼倾听万籁无声;
不要干涉我思想的流泉,
云流自有天海的路程。

原刊《清华周刊》第 37 卷第 8 期（1932 年），第 936 页。

小径

荒山的一条小径无人,
两旁织遍荒野的草丛;
小径从谷底蜿蜒到山顶,
从不闻蝉鸣或倦鸟啼声。

没有一株树，一朵野花,
只秋云拥着衰草枯黄;
时或有悲风扫过凄凉,
或是寒夜有昏黄的月光。

如果有一天我别了人世,

我愿永葬在这荒山路旁：
听愁风凄凉无声地扫过，
冷月叹几声昏黄的悲伤；
再不会有人们来此骚扰；
看秋云遮盖荒山的渺茫。

《清华周刊》第 37 卷第 8 期（1932 年），第 936 页。

呼声

我来到榆荫尽处，
　　在朦胧幽静的河旁，
是谁在轻轻地呼唤，
　　那呼声像年幼的女郎？
当清风吹扫着落叶，
　　当天边有斜月昏黄；
是谁在轻轻地呼唤，
　　"棠！棠！"？

我来到荒凉的海滨，
　　黄昏在海岸上徜徉，

是谁又轻轻地呼唤,
　　呼声像忧怨的女郎?
当涛鸣飘自海面,
　　当天边逝去了孤航;
是谁又轻轻地呼唤,
　　"棠!棠!"?

我深宵回到家中,
　　朦胧似将入睡乡,
是谁仍轻轻地呼唤,
　　呼声像慈爱的女郎?
当我的心已疲惫,
　　当倦梦已扑熄了灯光;
是谁仍轻轻地呼唤,
　　"棠!棠!"?

　　　　　《清华周刊》第 37 卷第 8 期(1932 年),第 937 页。

回音

如今呵我爱已去，
　　我再欢歌为谁？
四面群山已入梦，
　　林间倦鸟已飞回。
我含泪高声询问：
　　"我再欢歌为谁？"
远处也轻轻地呼唤，
　　"为谁？为谁？……"

满山阴沉的暮霭，
　　晚风淡扫着衣裾；
我仰首高声再问，
　　又听轻唤在山隅。
"那边有谁在悲唤？
　　在谷底还在山坡？
告诉我，告诉我！"
　　"我！我！……"

《清华周刊》第 37 卷第 8 期（1932 年），第 937—938 页。

春之恋歌（一）

青山点点头告诉青山，
草原招着手告诉草原，
温柔的春风已吹遍了人间，
　　我爱，快来！

羊儿们懒懒地在山坡上睡，
万绿中已缀起艳红的芳菲，
云吻着山，蜂儿吻着玫瑰，
　　我爱，快来！

牧童已吹起了笛声悠扬，
吹给林间年少的女郎，
这春野就是天地的洞房，
　　我爱，快来！

让我们相偎着坐在这山边；
看春光向哪方走，在哪方流连，
让我偷一流春光洒在你襟前，
　　我爱，快来！

你看那晚霞里几颗星宿；
比不上你一双晶莹的秋波；
那海棠比不上你一般梨涡，
　　我爱，快来！

那里是石榴，那里是玫瑰，
那里是淡红深紫的蔷薇，
比不上这花苞样双唇的迷醉，
　　我爱，快来！

爱，不要躲，也不要藏，
给我一尝你唇角的芬香，
那是酒，是梦，是春梦的酒浆！
　　我爱，快来！

让我们告诉田野，告诉星光，
山鸟春风为我们歌唱，
明晨你就是我的新婚嫁娘！
　　我爱，快来！

　　《清华周刊》第 37 卷第 8 期（1932 年），第 938—939 页。

春之恋歌（二）

清泉流入了小溪，
小溪流入了江河，
江河流入了大海，——
环流不息的爱之波。

爱，你乘着一叶轻船，
摇入了溪河摇入了海；
海外还有云天和太空，
爱波也许流入太空外。

太空外哪里寻得着边极？
爱，再不要妄费心机！
挽住船莫再向天外寻找，
爱泉就在我心宫底里。

爱，把船儿划进我的心，
这里有不息的爱之波声，
这是有比太空更大的宇宙，
是爱的泉源，真纯的永恒！

《清华周刊》第 37 卷第 8 期（1932 年），第 939 页。

今夜踏去年的衰草，
　　前年更前年的草黄；
待来年重见芳草，
　　今宵又化作渺茫。

待心已死，泪亦竭，
　　记忆由辛酸而朦胧，
仰首一片昏黄的雾霭
　　烟云遮漠了前程。

花自落花又自开，
　　流云去流云会飞回；
颊边流两行酸泪，
　　等候着昏夜到来。

知道昏夜将不远，
　　昏夜忧伤的幻秘——
苍天已铺就了路途，
　　各自寻永恒的休息。

苍天已铺就了路途，

各个人去死去生；
又何必孤航四海，
　　追寻引路的提灯？

又何必空空幻梦
　　攀山的铁索钢绳？
花梦自是花梦；
　　清风自是清风；

万物都各自有主，
　　由幻影转作幻灭：
像梦中重遇故人，
　　霎时欢霎时诀别。

留不得斜阳金缕，
　　留不得明月银流；
今夕的落红飞絮，
　　明晨只冷雨咽愁。

任此生流水样来，
　　再任他清风样去，
不遗留一痕纤尘，

更不用一句说叙。

荣华是一痕缥渺，
　　欢娱归结在忧愁；
满史籍豪杰英俊，
　　画一幅海市蜃楼。

秉着这一腔热泪，
　　提青灯寻觅知音，
像空扑一团幻影
　　在梦中月夜的霜林。

待醒来空余惆怅：
　　今宵犹孤踏草黄；
才知大海无边岸，
　　也不辨何方是故乡。

故乡不再认识我；
　　浮萍何处寻凭依？
含泪向四周呼唤，
　　让灵魂速速回归！

前人有前人的灵慧，
　　前人有前人的天海，
昨日黄花一片片
　　积成了幻影的悲哀。

清风从不依楼阁，
　　流水从不念贤才；
白云飞白云又散，
　　只遗留一片墟颓。

莫再歌古国幻梦，
　　莫再歌青史留名；
忍泪踏过长安道，
　　袖手不留一句叹声。

袖手踏过长安道，
　　孤单的旅客莫徘徊！
像花梦不知我去，
　　花梦也不知我来。

灵芝匿隐在深山；
　　凤凰孤翔在云霓；

晶碧纯洁的珠玉，
　　永藏在深深海底。

不见暮天的星斗
　　只在云天展光芒？
自古多少孤灵的眼
　　仰首含泪向天苍。

虽有这满胸的希求，
　　拦不住流云说叙；
虽有这一腔忧愁，
　　向谁陈一字，一句？

高天云雀的呼唤，
　　不在人海求回音；
幽夜湘江的啜泣，
　　不为湘江的行旅人！

到处有空虚的颂赞，
　　到处有盲目的褒扬；
但夜莺不为鸦雀唤，
　　好花不只助春光！

像慧星孤高在天海,
　　只伶仃独奔路程;
在太空的缄默里,
　　追寻云影的朦胧。

待一朝云影消散,
　　空留幻灭的悲伤;
归来当年的故土,
　　泪滴在鞋下的草黄。

记忆里犹能辨认,
　　前年更前年的枯草,
拂首春夜的绿杨,
　　告诉青春已苍老。

春宵花梦的静默,
　　告诉心花已凋零,
告诉绿杨芳草
　　已非旧日的友朋。

如今幽静的春夜,

在多年衰草上彷徨；
拂耳有愁风呜咽，
　　西天有冷月昏黄。

前程莫再骚扰，
　　唤灵魂速速归回！
让此生清风样去，
　　像当年流水样来。

在荒山死海追寻，
　　也许能得一席地，
让我永对着流云，
　　孤倚在暮天里休息。

苍天既引我来，
　　苍天自会引我去：
只有伴白杨与墓碣，
　　才能解永恒的幻秘。

一九三二年五月

《清华周刊》第 37 卷第 12 期（1932 年），第 1405—1409 页。

睡孩

笑着天真的微笑，
　　在昏夜里安睡；
他的孩身在现世，
　　灵魂远在梦里。

他梦着明月的美，
　　鸟的翼鱼的尾……
但夜幕阴黑的爪
　　遮着他的肢体。

秋风在林间呼号，
　　冷雨在拍着窗；
深夜深深的阴冷，
　　笼罩悲哀死亡。

笑着灵圣的微笑，
　　没有恐惧悲悔；
他梦着明月的美，
　　鸟的翼鱼的尾……

《清华周刊》第 38 卷第 4 期（1932 年），第 43 页。

迟月

像是一船悲苦
撑入了阴黑的夜,
旷野边头爬起
这二十三夜的月。

一样忧伤悲苦,
这月正是我的心:
从忧沉里撑过
昏黄再荡入忧沉。

　　　《清华周刊》第 38 卷第 4 期(1932 年),第 43—44 页。

玫瑰

一朵玫瑰栩栩地舞,
　　向了春阳艳笑着开;
梦着银红五月的梦,
　　等候南风柔意的吹;
告诉我狂蜂怎么吮,
　　献媚的蝴蝶怎样飞。

我低头默默不答话，
　　凝视欢娱在风里舞。
记得去年也有玫瑰，
　　独在冷雨里诉悲苦：
哭告我衰花怎样落，
　　落花又怎样化泥土。

　　　　　《清华周刊》第 38 卷第 9 期（1932 年），第 83 页。

东村女儿

"明月，明月，我告诉你，
我明朝要嫁给打鱼郎！
他送给我一串珍珠链，
他送给我黄金的鞋一双。"

东村女儿在月色里走，
眉梢的欣欢画着她的心；
枯老的月亮在松林里照，
给东村女儿唱这歌儿听：

"他送你双鞋向坟墓里走,
他送你的珍珠是一串髑髅;
明朝把船儿向江心里荡,
江流会结束你的怨和愁。"

《清华周刊》第 38 卷第 12 期（1932 年），第 178 页。

玫瑰姑娘

玛莎称自己作玫瑰姑娘,
常把玫瑰插在鬓儿两旁,
玫瑰花的红像玛莎的脸,
又像是玛莎心里的火焰。
玛莎真高兴:"你去问星光,
配起了金的发,紫的衣裳,
谁说玫瑰花总得有个死,
看我明儿嫁西班牙王子。"

天上的星照着玛莎的脸,
把姑娘整整照了五十年。

金的髻儿变成了银的发，
紫衣裳换作一身黑的纱；
窗前的玫瑰开了又枯萎，
萎了又重开，开了又成灰；
听说杜鹃就是西班牙王，
天天在窗外喊："玫瑰姑娘！"

《清华周刊》第 38 卷第 12 期（1932 年），第 179 页。

橹歌

释：芦花儿是海边的一个渔家的女孩子，艳而狂，不怕风浪，时常喜欢独自划了船到海上去。有三个船夫，都深爱芦花儿。芦花儿到海上去，他们总是说："芦花儿又飞了。"有一天黄昏时候，芦花儿又自己飘上了海，海上起了大风暴，激夜未止。他们等到夜深不见芦花儿回来，三个人就划起一只舢板小船到海里去找，风太大，三个人都溺死在海里。此后，每当黄昏起了风暴，夜里在狂风恶浪中总听见漆黑的海上有三个鬼划着船摇着橹在凄凄惨惨的歌唱，在各处寻找芦花儿。

I
太阳早已没了西，

狂风在海面上吹,
黑的浪向黑的云吼,
芦花儿在海里头飞;
空教我们心发抖,
芦花儿一去不能回!
唷浩,唷浩,
芦花儿一去不能回!

II
那一夜是多大的风,
为了花儿来到海当中:
渔船儿像芦叶子转,
折了樯碎了帆蓬。
随着芦花儿作了鬼,
尸首都喂了鱼精!
唷浩,唷浩,
尸首都喂了鱼精!

III
西天早埋了太阳,
风狂浪也是狂,
作鬼倒是甘心愿,

再见不到花儿姑娘:
鲨鱼啃了姑娘的肉,
海鸟啄了姑娘的肠!
唷浩,唷浩,
海鸟啄了姑娘的肠!

IV

西天又来了风暴,
风也哭浪也号。
芦花儿的魂在哪儿飘?
船儿在哪面海上摇?
芦花儿,等着我们吧——
等着我们一起抛锚!
唷浩,唷浩,
等着我们一起抛锚!

注:此歌为三个 Bass 唱,伴以沉重的交响乐。每句末当带"哟"的尾音。

《清华周刊》第 39 卷第 1 期(1933 年),第 112—113 页。

地狱
——为 Y 失意作

但丁锁着眉头歌咏过地狱,
弥尔顿也同样的告诉我,
说地狱坐落在深深的地底下,
一个黝暗的世界:那里有火,
有火焰的山,有沸腾的河流,
煎焦了的沙田;又有冻死的天,
有冰砌的山谷,割肉的尖风;
数不尽的幽魂在浓烟里叫喊;
野狗和饥鹰追着他们跑,
腥血噎着他们的喉,大花蛇
啮着他们的骨,仇敌互相嚼着
髑髅,爱人们紧抱着,冲着风和火;
烟瘴里只听到撼山的哀号,
断了胫折了腰的鬼的狂呼,
血淋淋的人头在血水里飘,
压在沙丹的爪下向了天哭;
狂风在乱山里老牛似的吼,
杂着魔鬼的吆喝,鞭抽,钢叉的响……
这里容不得你怜悯,叹息,

你别想找一刻安静,一丝光!

但是从来没有人能知道
心里还有个地狱,更痛苦,
我说不出有多热的火焰在这
胸坎里烧,多冷的风凿着我的骨,
多残暴的蛇蝎啃碎了我的心,
当她说出"我不爱你!"
　　　　　　　"爱,我问你,
你能不能告诉我你在想什么,
孤单的在你白玉的天堂里?"

《清华周刊》第 39 卷第 7 期(1933 年),第 701—702 页。

啊,我的人民

从昆仑几千里泻给你滂沱的长江与大河,
三面有雄山帮着海浪围成这几千年一座古国。
　　　　　啊,我的人民!
沃野西叠层下深葬着你百余代祖先的白骨,
上苍不准你随意忘掉他们创业的艰难和痛苦。

啊，我的人民！
多少朝代他们培植起文明的花朵在东亚开；
当年壮士曾渡过窝瓦，刀帆也剪过南海与蓬莱。
　　啊，我的人民！
他们真尽过人的责任，史籍的篇章上对得住天，
一片荣光在世界上像夕阳辐射成万丈绚烂。
　　啊，我的人民！
但是如今这落日真就——真就算是沉下了西？
几万万人民敌不过——敌不过异族几面小军旗？
　　啊，我的人民！
是为了山河衰了雄伟？山河并没有丝毫的变；
是为了蜀汉绝了铜铁，齐楚永不再供给鱼盐？
　　啊，我的人民！
为了千万里的沃野都成了岩砂不再产禾粟？
为了筋肉已不是筋肉，肉中已不是我们先人的骨？
　　啊，我的人民！
是为了上苍错了裁判，把神奇的魔杖交给旁人？
不，看日月星辰在宇宙里转，上苍并没有失掉公平。
　　啊，我的人民！
中华还该有好男儿，问谁甘心就这样灭亡？
中华的男儿不是怕死，死也必须得死得刚强。
　　啊，我的人民！

如今就是死谁肯闭眼？背着这百年民族的耻辱——
啊，是你自己，不是旁人，辱了你的山河，历史和先祖！
　　　　啊，我的人民！
为你自己，为了山河，为几千年的荣誉你还得生！
磨你的刀矛，铸你的剑，拉开你心底铁弦的弓。
　　　　啊，我的人民！
别只说落日还放光彩，热血和朝阳才真灿烂。
生死你得对得住自己，对得住山河，先祖和皇天。
　　　　啊，我的人民！

　　　　　　　　　　天津《大公报·文艺》（1936年5月11日）

春山小诗

（一）
春草绿得像早梦才醒，
是露水给茶花点亮了红；
晓露把青山推得好远，
满林像碎雨，杂乱的鸟声。

一路新湿，昨夜真有雨？

我随了白云走到对面山;
回头看不见家的所在,
林雾里只飘起一缕炊烟。

(二)
昨宵通夜是沉倦的雨,怕
　　这山雨又几天不给晴;
没想到今早春阳这样暖,
　　一路是茶花摇遍了红。

各处山家都晾着纸油伞,
　　满溪抖遍了碎门的光;
一涧的杵声敲得好清脆,
　　裸着膝踝,洗衣的女郎。

(三)
一路樱花点着头直到天边,
　　落花铺满了斜阳古道。
春风吹了十里还不见人烟,
只远处空山一声声杜鹃喊:
　　"知道!知道!"

（四）

傍晚四山的寺院敲起钟，
　　对面来的山僧是赶着回家？
一路上杂踏着僧鞋的痕迹，
　　还有随晚风飘坠的落花。

我也绕着山找回家的路，
　　夜闲是一日疲劳的报偿。
不要叫灯烟沾染了幽静，
　　推窗一天都是好月光。

（五）

四山一片雨响，
　　雨声泻成了狂溪；
我循着溪赶路，
　　湿寒透了单衣。
有人打伞过桥，
　　"借光，可有避雨处？"
"看不清，隔着雨，
　　山脚有座茶屋。"

（六）
为找好花我攀上这高岭，
　　低头云雀在脚底下飞；
可是白云还半遮着山顶，
　　隐约有红影：该是春梅？

（七）
怎么今天又是雨？只好等
　　明早再下山卖茶；
可惜是和那卖茶女失了
　　约会：她叫我今天给她
　　带一枝山顶的樱花。

上海《大公报·文艺》（1936年5月15日、5月29日、6月20日）

卖酒的

渡头点着篙摇来一船酒，
　　在黄昏的河面上一句句吆唤：
　　"卖酒，卖酒啊！您买好酒！

一大壶只要您十个铜钱!"

（十个钱能醉过十年的累,
　　一壶就忘掉一辈子艰难。）
"卖酒啊！卖酒！您买好酒！
　　十个钱就享个满肚子香甜！"

他站在河边等隔岸的摆渡,
　　傍晚的秋风分外觉着凉;
今儿这一天真又算拾个命!
　　乌鸦的翅膀拍一河仓皇,

哇,哇,穿过天,擦过月牙影,
　　一天快折了腿才弄到百来钱;
这嘴里涩涩的,真想解解渴,
　　可惜他叫得贵,十个铜元!

那儿又缺了盐,还得买面,
　　老杨那笔债还没补上空头……
（卖酒,卖酒啊！您买好酒！
　　一壶酒叫您忘一肚子闲愁。）

可恨王头儿还打我的折扣,哼,
　　从早上这肩膀压得就生疼,
麻包他妈的像石磨;盼到晚
　　才换上三张饼,两根烂头葱。

腰里剩的钱得买斤黄米面,
　　不然,老婆跟小九儿归谁?
算了吧,忍忍喝,回家睡大觉!
　　河心月牙影笑歪了白嘴。

"卖酒啊,卖酒啊!您买好酒!……"
　　去他娘的!逗拢你老爷的馋?
(十个钱能醉过十年的苦,
　　一壶就忘掉一辈子心烦。)

渡头点着篙摇去了船影,
　　"一大壶只要您十个铜钱!
卖酒,卖酒啊!您买好酒!"
　　在黄昏的河面上远远的吆唤。

二十六年二月

上海《大公报·文艺》(1937 年 5 月 16 日)

暴风雨

山闷裹在浓云里在等候,
松林不作响,紧锁着眉头。

大野上连根草都不敢动,
等着就要到了,斫头的风。

河水在呻吟着,蛇在害怕,
兽缩在洞穴里,鸟飞回家。

人们都慌慌地关紧门户,
"孩子,等着啊,别怕,不准哭!"

黑云一层层,裹得好严密——
裹不住!一条火,一条霹雳;

狂风吼个旋,像钢钉,像箭,
把暴雨扫下了万里荒原。

《文学杂志》第 1 卷第 4 期(1937 年 8 月 1 日),第 41—42 页。

秋灯

秋灯是光之海，
是月明的汪洋。
我飘浮在一片
止水上。冥想似
淡烟，袅绕于止水
无极的清澄上。

拿夜露的滴声
当酒；拿静与梦
和梦的空茫当酒。
醉中有高山流水。
化作一粒水明珠
滴落在秋灯里。

《文艺新潮》第 1 卷第 1 期（1938 年 10 月 16 日），第 27 页。

萤

孩子时喜欢看星空,
说是萤火虫飞到天上,
作了神仙,不再下来:
每颗星光是一朵希望。

老来却爱看河面上
萤火追河心的萤火飞;
飞倦了,似陨星一闪,
坠落在阴湿的墓草里。

《文艺新潮》第 1 卷第 1 期(1938 年 10 月 16 日),第 27—28 页。

四行诗二首

别
干这么一杯,就此分手,
你奔向大海,我攀高峰:
好在我喜欢深林虎豹,
你爱波涛和暴雨罡风。

赠

你要泊船,这儿是静的港;要暖,
有冬夜的火;要歇身这儿有床,
回来吧,你多年航遍了暴风雨的,
要收帆这儿是梦,梦里有灯光。

《文艺新潮》第 1 卷第 1 期(1938 年 10 月 16 日),第 28 页。

四行诗三首

感

谁晓得世界竟糟蹋到这般模样,
山无林,河无水,原野是一片苍凉。
别问我,到如今我早没有半句话,
问那自古来驮着夕阳叹息的乌鸦。

黄昏星

透苍茫晚雾第一颗星
给宇宙张开忧郁的眼睛。
这大千世界里你何必顾我,

双瞳蒙翳的早难识光明。

镜子
你爱明月,明月就在这镜子里,
你爱云,花,云和花也在这镜子里;
镜子高高地就挂在你心窗外,
照着你一切的喜欢,却照不见你。

《文艺新潮》第 1 卷第 2 期(1938 年 11 月 16 日),第 76—77 页。

人

梦语
埋掉你人生一切的欲望,
也别在云轮上再描你的幻想,
斩除你胸中的喜、恶、和柔情
用不着悲伤,反正你我到如今
已经什么都没有了,只剩下
(你得承认这世纪给你只剩下)
秃山,死草,一片铁青的天。
文明熟烂了,腐臭了,生了毒,

城市烧成了荒墟,田野吸饱了血,
几千年历史的荣华化一缕烟尘;
万丈的长鞭鞭在我们
袒裸的背脊上。到如今你我真是
什么都没有了,
只两眼空空,
两手空空,
赤条条一个身躯又回返到
灰濛濛太古时期的
一个无所惧,无所牵挂,
孤零残忍单纯的"我"。
我们也看见过大礼帽,红酒与诗歌,
四轮车像水,绕着高楼流,
画笔下的春光是乐园的微笑,
美女有花腮和花样的衣服;
我们也懂得思想的霓裳舞,
最细腻的悲哀和最美丽的爱情
但是到如今,这个世纪里,
你我已什么都不想,
什么都不能了。让我们
把这些人生琐碎和零星的
抓两把,向一阵狂风飙

都挥向太空一万重云海外。
到如今我们很简单,
伸开空空的两手向着苍穹,
我们要的只是大地,大地和
天风——天风,你吹罢!
要你吹得猛,吹得刚强,像剑,像刀,
我们赤裸着身躯站立在
赤裸裸大地的高原上,
我们已无所惧,无所牵挂,
要头顶着罡风作另一种人。
你不信?我让你知道,
雕鹰给了我两臂的钢爪;
黑枭有眼睛,我也有眼睛,
(看得透万物的阴猾和毒狠的心)
狮子给我鬣发,蛇给我钩牙;
山狼给我条血红的舌头;
巨鲨给我一身甲,猎狗给我嗅觉;
章鱼给我以抓缠的力量;
森林里我会虎吼,敏捷我学猿猴;
我胸膛里滚沸着蜈蚣的毒水……
谁要来嘶杀?好哇,尽管来,
我正要黏腥,鲜血和肉,

好紧搂住这战争的世界和时代!
你我是万万年来禽兽的子孙,
自然得回返为嘶杀的禽兽。

如果我死了,我不怨天,
我一堆白骨也不会讥笑我。
我深深地了解死,死,我不出声:
万万年来已死的兽没留下爪痕,
已死的飞禽没留下半根毛羽。
如果我活着,啊,如果我活着,
如果我还有生命的烈火与力量,
我恨文明,我看不起爱情,我不想望
一切曾毁灭的琐碎零星;
我不要柔弱的青春,不要已往。
即便这世界只剩给我
秃山,死草,一片铁青的天;
别看我赤裸裸,两眼空空,
两手空空,
在天风和大地之间,
我倒要烧炼出我多年热望的
一个崭新的世界和崭新的新时代。
我要在我创造的新时代里

作一个无所惧，无所牵挂，
残忍而单纯的创造的人。

原始时亚当初逐出天门，
当前也是座蛮荒的世界：
秃山，死草，一片铁青的天，
空旷，新鲜。有的是时间由着他摆布。
他对，他错，我们都不管，
他倒曾作了他当作的工作——
千万代人生人，和人造的罪恶。
如今世界是重又回头了，
上帝把蛮荒交给了你我，
我们也有智慧，时间，与力量，
让你我再开始另一度的创造：
索兴叫花蛇酿好了毒，
盘在你伊娃淫荡的肚子里，
好重生产比禽兽更残酷的人，
重创造比人心更阴险的文明，
重摆布比文明更凶狠的战争，
教将来你我千万代子孙，
一代代去慢尝这无极的罪孽。

我们可以笑了,因为我们
有未来,有前程,又懂得善恶……

醒语

炮火在青天上,炮火在
原野和海洋上;更凶的炮火
将要在未来的每一分
每一秒的时间和空间里。
我爱这人生,爱完美和光明的人,
也该爱毁灭,爱阴黑,爱死。

《今日评论》第 1 卷第 7 期(1939 年),第 13—14 页。

断章(自语)

雨落在秋山上;濛濛地
落在疏林上,古道上,
和道旁累累的荒坟上。
秋又寒黄了坟头草,
败叶在湿风里像一地纸钱。
雨罩住沧凉的山野,一条

灰的路和一带灰长的天……
我说，朋友，你在哪儿？
你多年到处飘泊的？你
多年到处飘泊的，撑着把
随了你到处飘泊的
纸油伞。雨落在伞顶上：
（一滴雨敲来一滴渺茫的
回忆，掀一轮远梦，一丛愁）
伞给你遮着头，但他却遮不住
你两腿的湿寒和野上的风。
一路灰雨丝织在灰天上，
网住山和路，挂在你眼里，
你一步一步蹒跚着……朋友，
你在哪儿？你？你孤零的人！
在这灰的天和灰的路上，
秋雨画不出个陪你的影子。
你走着，走着，掐指算时辰
望望前程又望望来路，想又该是
残阳斜照的时刻了罢？
但山雨落在秋山上，秋风
盘旋在败叶里。山雨和风
都画不出你一条能陪你

蹒跚赶路的孤零的影子……

我说,朋友,你倦了么?
你忘了程途又不知在哪儿的
你要找个憩身的野店茅庵,
你走罢,前路上总会有你的。

1939年5月15日《中央日报·平明》第1期,署名"唐鱼"。

诗二首

家书
想问句平安说声秋已深,
心已袅绕在千万重云外。
认得桌头只一盏豆油灯,
霉墙上摇着憔悴的影子。

推窗,像古梦里黄的月光
描出千万重山峰的轮廓。
身落在南国败叶声中了
阶前铺一地疏枝的影子。

思乡

冬夜的风吹雨打在寒窗上。
朦胧里似有湖水的波涛声,
记得拍的是春光的田野,
或是老帆头在龟山烟雨中。

如今乡梦边只汪着一把泪,
太湖早做了溷沌的战场:
流落的乡人都飘放在哪里
吞着泪听冬雨在敲打寒窗?

1939年6月26日《中央日报·平明》第27期,署名"唐鱼"。

诔
——吊公孙旻君——

你死去了,你爱人生,爱美的,
短短地活了二十五岁年纪。
对人间一切都企求得那样热,
但人间一切都没曾给过你。

没得到什么的，走倒也轻松，
轻松得像花谢，像水，像风。
你虽爱轻松，但也许不情愿，
因为你常说你爱美，爱人生。

可怜爱人生的却吃了一生苦，
爱美想不到反殉了艺术。
唉！死也罢，这年头儿哪儿
寻称意，人间本来是一塌胡涂。

倒不如这一甩手，干干净净，
保留个真纯诚朴的"人"，
叫我们总忘不掉你一条淡淡的
清影子，一步步走进黄昏。

七月一日

1939年7月2日《中央日报·平明》第32期，署名"唐鱼"。

盲

给我在床头点一盏睡灯,
崎岖的巷子里我要串灯笼,
引我到千万盏金灯的街上,
照亮车,马,和花衣的女郎。
寂寞呀,这丛林旷野的阴暗,
给我把野火烧遍万重山。
满山腰燕子紫亮的翅膀,
剪乱白的云,锦绣的春光。
我想望昏黑里我这叶船,
一朵清晖挂上我的桅杆,
在天蓝上和万颗星子说笑,
随流火在银河的灿烂里飘摇。
我爱明月下晶莹的露水,
我要看晚霞红,落日的金辉,
要青天,大暑天炎日的眩亮,
为要暖,我要火,我要光芒!
我要光芒啊!光芒的万枝剑
穿烂我胸中这片漆黑的瓦,
救出我这颗心,这朵光亮,

好建筑个水晶琉璃的天堂!

《人世间》第 1 卷第 1 期(1942 年),第 61 页。署名"唐鱼"。

月夜

湖水平到像坚厚的琉璃铁,
月亮在中天点一盏水晶灯,
老杨柳闪着千万条亮发,
露水在草尖上洒一地鳞星。

大叶的慈姑花是象牙,是玉,
野玫瑰映射着琥珀的光棱。
万物都在静止里闪灿,
连老鸦都变成乌亮的银瓶。

雪兔们瞪着透明的宝石眼。
碧枝上花蛇倒挂着珊瑚弓;
静止的鱼群排成了刀仗,
在琉璃镜里吞吐着光明。

万物都在光明里炫耀着
他自己的美,自己的晶莹。
月亮下来吧,挂在我珠冠上,
我已经凝成座金钢钻的灯檠。

《人世间》第 1 卷第 1 期(1942 年),第 61 页。署名"唐鱼"。

明湖商籁十六首
——赠 H. S. 十六岁生日——

(一)
夜打着长檐,裹着树,埋着窗;
　　夜像沧江缓水,在山野上旋流。
　　"真起得太早了",望望昏黑,你低下头。
夜的静垂盖得浑重而悠长。
秋虫一阵阵传来紧密的怆凉;
　　油灯是一朵豆花,开满了忧愁。
　　明湖在心底虔诚里闪动,飘浮;
我们等候着,等候着东天一线微芒。

时光慢旋着宇宙，在浓厚阴沉里
　　静听万物安眠的寂寥与无声。
我呆望着灯花，灯花上摇漾的湖水，
　　　梦想着朝光一脉……"亮了吧？你瞧！"
　　那喜悦的惊奇我们永不会忘掉：
天外吹来了晓色——一声铁马：晨风！

（二）
我们出了门，走下熟识的山路，
　　一路熟识的松荫，露水与花香。
轻寒一阵阵是迎接还是催促？
　　我们走过沉睡的村街，石井和鹅塘；
　　跨过了两座溪桥，绕一丘林岗，
三五里羊肠的草径，晚稻的低畦；
　　伴一程溪水的琮琤，晓禽的喧亮，
又随一程野花的指点，早蝶的翩飞。

朝光来得轻松，稳静，把云天
　　溶成了缊团，茧絮，篦成了飞丝。
懒倦的长庚星还在云隙里留恋，
　　留恋今早明湖半醒的神姿。
半醒的明湖，我们终于看到了你！

偎抱着轻风的醺醉，晓雾的怜怩。

（三）
我们斜靠在石岩上，明湖的碧练
　　在晓色里铺开十里浅皱的鳞涟：
　　　像一面梳妆镜，轻纱还垂盖着镜面。
镜底已饮满了朝光刚润醒的天蓝。
几湾懒倦的山影还稳垫着青山
　　在晓雾里沉睡。　偶然两行早鹭
　　　荡过湖心，又没入隔山的云谷，
留下了更深的宁静，更静的山眠。

林间还没有袅起炊烟，　微风
摇不动露水坠得过重的草尖；
　　秋云给湖心带过一重重残梦。
　　我们不作响，静听湖水向石岩边
轻拍着忧郁——我忽然像有句话要对你说，
又住了口——又一行早鹭飞过。

（四）
晓雾半遮着山林丘冈，像一环
　　印花的绡带，缠绕着明湖的素罗衣；

秋的安祥在山林丘冈的迷濛里，
秋的梦染重了新秋秋意的酣甜。
岸边丛苍的沉绿，垂柳的缪绵，
　都醉入秋晨薄寒酿熟的浓露；
满山半谢的草花已经留不住
残夏温情的摇手：秋睡进了人间。

是秋给明湖带来了慈祥与安静？
　带来了轻柔的沉默，浅淡的忧愁？
蒙罩着素罗的妆衣，半荫着山影，
　随轻风织成一片绵密的思流，
万纬千经，棋错着晶凌和碎璟，
　向秋空表白？崇敬？问讯？或企求？

（五）
是琉璃？是耿玉？一湖润凉稳静
　展向天边雾霭的迷濛和乳白；
携带澜漪的婆娑，纹涟的皱皴，
　投进破晓秋空广阔的胸怀。

秋空和湖水同心，他淡泊的浅碧，
　润凉稳静，蕴抱着高深的友情；

他带了云縠的绵软,云纱的纤丽,
　　回赠给一湖秋水平静与光明。

和谐是造物的至善,至德,至美:
　　他叫湖天共享着相敬与相知,
又像叫湖天在无意的相忘里陶醉。
相知相忘本没有分别,正好比
　　我和你,你我之间原本是
一片无声的鸣应,默在的识谊。

(六)
湖波萦绕着石岩,在我们脚底,
　　参错着斐罗綦绮,圜围住我们;
我们在明湖的思绪里:随澜绦波纤
　　向石滩沙脚堆溅起浅淡的郁悒。
这一片低声的感叹,是悲怆,惋惜?
　　还是把深深的怀念向我们诉说?
　　偶然一两声鱼跳,挑开了寂寞;
几轮涟漪又弥缝起浑密的天衣。

青山、沙渚,谁能解她的秘密?
　　千万载崇高的思索,深远的幽情——

是用沉默，聪明，和美来织成
她漾漾的愁思，溶溶的情意。
　　这一片慧心怕只有秋空能赏鉴，
　　怀抱着真诚，温慰，那浑静的无言。

（七）
"打鱼的！"像从垂头半睡的芦花里
　　撑出一只载满了芦花古梦的船，
几只银嘴的鱼鹰，一声哑咿，
　　穿过青山的沉梦和青山梦影间。
　　"吆——喉——"向青山的凹谷里你喊：
渔船不睬。　深山在梦里回答：
　　"吆——喉——"轻轻的，很迷茫，很远，
飘过明湖的波面，又淡向天涯。

"吆——喉——"你又喊，向隔湖的远岸：
　　"咯——咕——"什么？在哪儿？你听！
这一声幽渺，荡过碧平的波面，
　　轻风不动，湖天拱捧着庄宁——
听！又一声！像青山在睡梦里轻唤
　　"咯咕——咯咕——"一只惊起的杜鹃。

（八）

如果我是杜鹃，我心里自己讲：

　　永远拿苍山碧水作我的住家，

　　我将向老松学浑钝，从青石白沙

学贞恕，跟湖波学想，秋空学慈祥；

我将憩下歌喉，折叠起疲乏的翅膀，

　　叫缄默把智慧凝成一粒璇玑，

　　蕴含万象的纭辉，万生的玄秘，

像一颗晶明的舍利，含蕴霞光。

"如果我是杜鹃，喂，你别笑，

　　我要抖着翅日夜唱我的歌：

唱阳光，唱云，唱水——多自由，多骄傲！

　　唱繁星，唱月，唱亮银河的水波；

追过轻风的敏疾，给人世传音讯；

说这山歌不是我，这是明湖的锦心。"

（九）

静是梦。　　静是青山的酣睡。

　　静在天边深垂着晓雾的床纱。

　　静叫眠山寐谷开遍了朝颜花，

在静默里饱饮秋晨露水的醺醉。

静是安祥。 静盖着明湖的碧平。
　　静展开云裙，无声地拂过高天。
　　高天蕴蓄着深远的宁静与安闲，
教给明湖把静默孵化成光明。

静绕着石岩的平稳，静是安息。
　　静是鹅绒的耳枕，垫着我们的头；
静是温存，张开绵茸的縠翼，
　　盖着我们的肢体。　　我们半合上
　　双眼，任一片梦流绕湖山摇漾，
随着静在银光的幻海里飘浮。

（十）
如果信人生还有真，有美，有爱，
　　有至诚存在于每一颗仁慈的心；
　　让我们毁灭一切权，利，与纷争，
叫和谐重整理这混溷的大千世界。
和谐会把万物区分伦类，
　　给每一颗生命应有的色与声，
　　叫他们配成永恒的乐曲和光明，
在大化的轮回中创造和平与灵慧。

和谐是万物的轮毂,生命的主,
　　他会分配给万物以得宜的生,
指点爱的协调,善的纯朴;
　　把万色织组成无色的明光,万声
交响成无声的静之美——那时明湖
　　你,我,都化入一片永在的空濛。

(十一)

朝阳升上了天楣,给兕岗峰的尊宠
　　洗亮了岚盔;吩咐秋云的队仗
　　　披上金甲,催青山簪满髻琳琅。
多清鲜!多明亮!他教明湖的玉庭
砌一带翰蓝,蕴紫,翻一层铜红,
　　摺一壩乳灰,菩提绿,重一重鹅黄;
　　渐劲的湖风遍洒起珠光和电浪,
群奔向秋空的幽深,广阔与庄宁。

我们在哪儿?我像在眩惑迷罔里
　　溶缩成一粒悲哀纤弱的沙尘,
　　　一声叹息。 你不答话;你两眼
　　闪着慧明的光,远望长空的无极,
　　　这是你的世界!你在青山锦水间

展开了纯真的奇幻,飞动的欢欣。

署名"唐鱼"。录自《当代评论》第 4 卷第 1 期(1943 年 12 月),第 18—19 页;第 4 卷第 2 期(1943 年 12 月),第 17—18 页。原题《明湖商籁十六首》,实际上只发表了 11 首:第 1 期第 1 至 6 首,第 2 期第 7 至 11 首。

农夫

是我们把锄头锄进的大地,
有长风作信,天蓝作证人;
你去告诉世界,风!别忘掉把
锄头锄进大地的,是我们。

是我们天天举这千斤力量,
力量随锄尖锄进了泥土;
泥土的甜,香,只有我们知道,
但我们尝不着香甜的五谷。

因为人们说这工作人简单,
"看,连黑蚯蚓不都会掘湿泥?"

他们昂着头,往城市里走,
把烟囱和楼顶盖到比天齐。

他们修长的街,盖大楼,作车,
造钻浪的大船,筑山城,海港;
煤烟灰把白昼高的云空
涂浓雾,教黑夜摇亿万盏光。

他们会念书,他们聪明,他们
伸出铁鹰爪摆布这世界;
他们坐到高山上,逞威风,
把我们半埋给低湿的原野。

半埋给原野,我们没法办,
我们算被逐出了好的人群,
我们背着人群食粮的担负,
这担负,压死了我们的灵魂。

没有灵魂的再不会言语,
弯酸这两臂骨,举起锄来;
举锄头为的是别人的温饱,
青天你作证啊,风,你该明白!

顶着苦风苦雨我们得工作，
得工作，顶着焦红的毒太阳，
累断了筋骨还是得工作，
得工作才赢得半饱的糟糠，

得工作才保得住有茅檐
遮头顶，得工作才混件衣裳；
得工作这荒原才能垦成了
万顷稻，万顷麦，万顷高粱。

但是，天天举锄头我们工作，
汗随着锄尖滴进了泥土；
泥土的甜，香，只有我们知道，
我们总尝不着香甜的五谷。

香甜的五谷是他们的份，
给我们只留得粗糠和谷皮。
他们说："天上有位老天爷，他
作主；别怨了，是你们没福气。"

可是提福气，我们还懂得

怎样讲，老天爷就在这头上：
老天爷天天看着我们累，
插秧，打谷，淌着汗忙田庄。

老天爷不错，我们很领会，他
教天蓝作幕盖，大地作母亲，
大地的仁慈只有我们知道，
她抱着青山，白水，抱着我们。

他教原野绿给我们希望，
教天降甘雨，东风吹遍春天，
教露水润肥了每一束麦穗，
嫩叶的小桑树密到门前。

他教白云飞，溪水发亮，听
布谷鸟声声催得好匆忙；
我们很知道太阳来给暖，
星子给静的梦，月亮给光。

冬天有白雪盖着大地睡，
大地从春天总是绿到秋，

老天爷安排好整齐的季候,
教我们工作,我们不忧愁。

举起锄头,只有感激的泪,
泪点随锄尖滴进了泥土;
只有我们知道泥土的甜,香,
但我们尝不着香甜的五谷。

年年收下香甜的五谷留着
装进麻包袋,好好地藏起,
等城里人来了,也说不清是
怎么,怎么着,便搬去了城里。

说是城里头有人要吃饭,
不然连我们也没法子生存;
为这个我们得负这担负,
可是他压死了我们的灵魂。

剩得这没灵魂的一个汉子,
脚踩着大地,头顶顶着天,
两眼望着原野的没有边际,
望着远处的高山,山外的山。

听沉寂的大野只不说话,
呆对着一片空漠的天穹;
天地里站着个孤单的自己,
听大野上无言的叹息罢,风!

说人自初生就已定了命,你
生在哪儿,哪儿就是你的家;
给你把锄头,这是你的工作,
你锄地,高山上才开得出花。

我们工作,工作,我们不偷懒,
我们喝风,顶雨,吃毒太阳;
可是这不像老天爷作的主,
他们吃五谷,给我们糟糠。

给我们糟糠罢,我们不说话,
支撑着两臂骨,举起锄来;
锄尖锄下去的是汗,是泪,
青天你作证啊,风,你该明白!

你该明白这故事很简单,

多少年了，我们背着这担负，
这担负压碎了我们的灵魂，
压碎了灵魂，又来压白骨。

等白骨也碎了，世界会忘掉
曾经有过些粗鲁的农人
背把破锄头，从生锄到死，
再传给农人的粗鲁的子孙。

子孙举锄负另一代的累，
一代代永没有五谷作食粮；
把汗把泪珠滴进泥土，可是
锄头和泥土筑不起天堂。

其实我们也只想作个人，
天堂本不是我们的需要；
只要你明白天天是我们
举这千斤的锄，只要你知道

是我们把锄头锄进的大地，
这话该不假，长天作证人；
你去告诉世界，风，别忘掉把

锄头锄进大地的,是我们。

是我们站在天地的中间,
把汗把泪珠润湿的泥土;
泥土的甜,香,只有我们知道,
但我们尝不着香甜的五谷。

《文丛》第 1 卷第 5 期(1944 年),第 813—818 页。

诗三首

渔夫

清早上我收拾钓竿,
想钓一筐绿海的银涟。
钓不起。再撒开麻网,
但网不住鲜红的夕阳。

载渔叉我划进黑夜,
要叉捞水中的明月
和月边千万点蓝星——
恨东天怎又吐出了光明!

连日月带星辰带海
吃吃地齐笑我痴呆。
我不听！我不信！直到
海上卷起了风暴。

海上卷起了风暴，
我的船在昏黑里飘摇。
抖起网，"你别笑我，风！"
我淌着泪要网尽雨声！

《文学杂志》第 3 卷第 1 期（1948 年 6 月），第 32—33 页。

山溪
再不垂迷绵的柳影，
　　再不照锦乱的堤花；
秋深已弥山漫谷，
　　夕阳已准备回家。

似旧梦，这灰沉的烟霭，
　　还偎随着缓静的溪流。

给他作末一回晚祷吧,
　　同情他无语的忧愁。

别再托零花败叶,
　　转荒滩也别再沉吟,
叫记忆埋藏在溪底,
　　每颗石镇一段伤心。

别叹息你早来的衰老,
　　时光的打点最公平。
学古老的夕阳的智慧,
　　把乱霞敛进寒青。

别惋惜春光已去,
　　春光本不为你来;
春光本自来自去,
　　他何必叫你明白。

正如你匆匆一脉水,
　　你去来哪说得出根由。
你妄想你生,你在,
　　又妄想要春光停留。

你妄想作琉璃宝镜,
　　但牵不住春光的脚尖;
又何况因缘只一闪,
　　水自水,春自蹒跚。

懂漾漾的春光自有路,
　　你寒溪自另有住家;
你点点溪心原照不尽
　　千山万谷的飞花。

如今春光确已去,
　　稳住你悠长的水流,
别再想机缘聚散,
　　让缠绵别再裹忧愁。

懂人间一切本无干系,
　　万物,与你,与春光:
每颗星只自己闪烁,
　　跨夜海搭不起桥梁。

看高空半轮明月,

荒寒里凝定着深湛；
你已经碎了心的溪水，
　　权借他作你的素心。

懂人间本难辨真假，
　　就不必分水光，月光，
且装饰天地一大梦，
　　抖浑波流入空茫。

　　《文学杂志》第 3 卷第 1 期（1948 年 6 月），第 33—35 页。

北行

那清早登车北行，
　　我心中一片茫茫，
一路看清冷的阳光
　　斜照在冬原的雪上。
心想该是个小城，
　　悠扬有怡静的钟声，
有青山，有你，和几句
　　久别的问候和叮咛。

第二天深夜回家，
　　雨点贴挂着车窗：
每点雨团一滴圆梦，
　　镶满了金光，月光。
满耳似银铃你的笑，
　　满眼是春花的温存。
随着你几声谆嘱，
　　我带回了千山白云。

《文学杂志》第 3 卷第 1 期（1948 年 6 月），第 35—36 页。

附卷一　译诗

鲛人之歌

——译赠琴——

Matthew Arnold 原著

来呀，孩儿们，让我们走吧，
  回去，到深深海底下去。
如今兄弟们在海上呼唤；
如今这寒风向着海岸吹；
如今这狂潮向海里退回；
如今望不尽的银白的野马，
在奔腾在簸荡在海波里翻飞。
  孩儿们，让我们走吧，
    这里来，这里来！

再唤她一声，在你们走前。
  再一声呼唤。
那样的呼声她可以辨认：
  "玛格丽！玛格丽！"
在妈妈的耳中（再唤一声）

孩儿们的声音当更亲昵：
孩儿们的声音，充满了伤悲。

她若闻声一定会重回。
再唤她一声，我们走吧。
　　这里来，这里来！
"亲爱的妈妈，我们再不能等待。"
银白的野马在奔腾翻飞。
　　玛格丽！玛格丽！

来呀，孩儿们，我们回去吧。
　　再不要呼唤。
末一瞻那远方白廓的城池，
那小小的教堂在蜿蜒的海岸。
　　我们回去。
就是终朝呼唤她也不再来。
　　这里来，这里来！

亲爱的孩儿们，这不就是昨天
我们听到那甜蜜的钟声来自海边？
正当我们在海穴里休息，
飘过了海涛，飘过了波坪，
远处传来那银样的钟声？
平沙的海穴，凉又深，
这里有风儿吹不到的安宁；

这里闪烁着晶莹的波光；
这里水草在波流里摇荡；
这里海中的生物在团围，
在他们泥湿的草地上憩食；
这里水蛇儿惬意地盘蜷，
洒他们的鳞，屈伸他们的头颈；
这里望得见来往的风帆，
帆儿来去永不合倦眼，
伴四海的波澜航去又航还？
钟声是什么时刻飘到此间？
亲爱的孩儿们，这不就是昨天？

  亲爱的孩儿们，这不就是昨天
  (再唤一声)她离弃了我们？
  那一朝她和你我同坐在海心，
  在大海中金黄彤赤的宫庭，
  年幼的孩儿倚在她胸前。
她梳他的拢他的柔发蓬松，
当掠海波穿海浪传来那遥远的钟声。
她叹息，仰首注视着晶碧的海天，
她说；"我要走了，因为我家人今朝
正在那岸边小小的教堂祈祷。

世间将是复活节——呵,我的心!
在你这里,鲛人啊,我失落了灵魂。"
我说;"去吧,我爱,跨过这清波,
去祈祷,赶快再回来这温柔的海国。"
她笑笑,她去了,踏过了海上的波澜。
　　亲爱的孩儿们,这不就是昨天?

　　孩儿们,我们不是已久久孤独?
"海上起了风涛,婴儿们在号哭。
人世间啊,"我说,"这漫长的祈祷,
来吧,"我唤,我们游出了海波,
我们攀上了石岸,在这沙丘之阿,
这里波涌着银花,奔向那白色的城廓。
远望那狭小的街头,万籁无声,
那小小的教堂,在绵亘的山旁。
教堂里轻轻传来了祈祷的语句,
但我们在寒夜的阴风里鹄立。
我们爬过了墓冢,石丛,冷雨拍着肩,
仰首遥望着廊台,隔着半闭的窗槛,
　　她坐在柱旁;我们能看得清晰:
　　　"玛格丽啊!快快归来,我们在这里。
　　爱!"我唤,"我们已久久孤独。

海上起了风涛,婴儿们在号哭。"
但是,呵,她永不再望我一瞬。
她的秋波牢牢凝视着圣书。
高声在祈祷;寺门已深阖。
　　走吧,孩儿们,不要再高呼。
　　走吧,回去吧,不要再高呼。

　　回去,回去,回去;
　　回到深深海底下去。
她独傍着织车,在那喧嚣的城中,
　　欢乐地唱。
听啊,她在唱;"呵,欢娱,呵,欢娱,
为喧嚣的街巷,孩儿们在嬉戏。
为教士,和钟声,和神圣的井池。
　　为这织机在我身旁,
　　为这幸福温暖的阳光。"
　　她这样地唱倦了歌声,
　　快乐地忻欢地歌唱,
　　直到织梭脱了她的手,
　　直到织机停止了转动。
她慢步到窗前,远望着沙滩;
　　远望着环滩碧绿的海波;

远望着海波，她注目凝眸，
　　口中一声叹息，
　　颊边两行泪流，
　　秋波充满了忧郁，
　　心头深锁着忧愁，
　　一声长长的长长的叹息。
想起海中啊鲛儿小小的面庞，
　　和鲛儿金黄的柔发的闪光。

　　我们走吧，走吧孩儿们。
　　走吧孩儿们，我们回去。
　　海上的荒风渐冷渐寒；
　　海滨城市已燃起了灯光。
　　当夜半朝香的旅客叩扉，
　　她会重从睡梦里醒来；
　　她会再听到风声的愁噎，
　　她会再听到海波的悲哀。
　　我们那时啊仰首瞻望，
　　海波哀鸣在我们头上，
　　一片琥珀的天穹，
　　海波鳞闪着珠光。
　　唱呵，"这里来了一个人，

一个失了忠心的女郎。
她从今永远地离弃了
海中孤零哀憾的皇王。"

但是，孩儿们，在深深的午夜，
当海上温柔的清风吹；
当海上铺遍了晶莹的月；
当海上的春潮已退回；
当海上的清风从岸畔
缀满了红星的花林里飘归；
当海岸石崖轻轻地投影
在平沙上笼罩着银洁的月辉：
在那清光幽静的滩石上，
在那幽静的石边我们躲藏；
越过那春潮退后的滩岸
丛丛曝过的海草波荇。
我们凝视，从这岸边沙冈，
望一番那银白的入睡的城；
望一番那山腰小小的教堂——
　　我们再回去。
唱啊，"这里有一个可爱的人，
一个冷酷无情的女郎。

她从今永久地离弃了
海中孤零哀憾的皇王。"

附注：此诗原名为 The Forsaken Merman，今名译作"鲛人之歌"。直译已后，增删修改四五次，为求音节韵律适合于中国语言，已与原文稍有出入。有些地方竟三两行完全改过，但留其意境而已。

《清华周刊》第 37 卷第 8 期（1932 年），第 930—934 页。

他们告诉我

Walter de la Mare *原著*

他们告诉我潘神已死，但我
　　常常奇怪是谁在歌
悲伤在绿荫的山谷底，
　　在灰暗苍古的林之阿。

有时我想那是一只鸟
　　我的灵魂充满了幻秘；
有时像是我心中听到

在山林有海波的忧噎。

但就是在那些地方
 玫瑰绽开苍白的苞蕾,
在紫罗兰花丛我寻到
 我寻到远古悲哀的泪滴。

《清华周刊》第 37 卷第 8 期（1932 年）,第 940 页。

声音

Walter de la Mare 原著

谁在呼唤,在幽静的河滨,
 那里青苔滑又深,
阴林支倚着不摇的枝臂,
 朦胧在静睡沉沉;
天边晶莹的星斗掠过,
 星光掠过太空的缄默;
谁在呼唤,在幽静的河滨,
 那乐声,"你来!"?

谁在徘徊在夏日的草原，
  那里婴儿们嘻戏耍玩，
在绿荫中伴着花香馥郁，
  慢度着悠闲安静的时间？
谁抚他们的发？是谁
  把凉风轻拂他们的颊；
谁在草坪的静默里细语，
  "追寻！追寻！"？

谁在呆望当暮色渐深，
  当晚钟声里鸟儿已归，
拍抖着双翼，憩了歌声，
  孤零已向巢穴里飞回？
谁为天边星儿们的眨眼，
  谁为半空静月的银流，
在暮霭露华中和平地叹息，
  倦呼着，"梦！"？

《清华周刊》第37卷第8期（1932年），第940—941页。

鲛女

Walter de la Mare 原著

沙,沙;多少沙山;
　沙山蜿蜒处遍地
找不到花丛绿荫;
　　没有草,没有树,
　　没有鸟,没有蝶,
只是山,多少沙山,
　　托着一个火焰的天。

海,海,丘似的波澜,
　空,暗,蔚蓝,
不息地奔腾
　　直到四海边沿;
　　没有花,没有树根,
只是一片茫茫的海,
　　有波涛滚去滚来。

吹,吹,风在鸣;
　水中的鱼儿,

听不见匿隐的钟声,
　　只在水波里拨动;
没有金黄的闪光,没有眸,
　　空盲地凝视着海涛,
但远处有鸣篥,倦钟,
　　来自暗海之宫。

　　　　《清华周刊》第 37 卷第 8 期(1932 年),第 941 页。

忆

Walter de la Mare *原著*

太空像是一滴水
　　在花丛之荫,
清朗,幽静,美丽,
　　忧沉。

天边奔着一带光;
　　海上的涛声
起自深沉又葬入
　　永恒。

几株高耸的榆树,
　　天星闪缀着枝柯;
我是梦里的梦人,
　　在这阴静的夜深。

不是在惊奇,崇仰,
　　心中更不像是安宁,
我在遥遥地思念
　　已亡人中的一人。

　　　　　　《清华周刊》第 37 卷第 8 期（1932 年）,第 942 页。

银便士

Walter de la Mare *原著*

"船夫,我要送给你
　　我这晶莹的银便士,
如果你把我们渡过海,
　　我和我亲爱的嫦妮妹。"

"来呀，先生，我可以渡
你和你亲爱的嫦妮妹，
但我要她的黄金的发，
  不要你报酬银便士。"

他们往远处，远方航，
  四面罡风撒野地吹！
狂涛怒浪云样地涌，
  海上阴黑的夜幕垂！

载不动凶蛮海上的水，
  排山直泻入了船舷；
他们再不能回返，
  再不能回归海岸边。

海中沉溺了掌船人，
  沉溺了可爱的嫦妮妹，
沉溺在深深大海中
  一个晶莹的银便士。

原刊《清华周刊》第 38 卷第 3 期（1932 年），第 66 页。

海涅情诗短曲

Heinrich Heine 原著

1
是在光荣的五月天，
　　当好花都绽了芳苞，
我觉得——啊，多么香甜！——
　　爱情在我心中荡摇。

是在光荣的五月天，
　　当好鸟在林间喧啾，
我用灼热的字告诉了她
　　我的想望，我的希求。

2
我的泪滴下的地方，
　　常绽开美丽的花朵；
我胸中悲伤的叹息
　　袅绕着夜莺的群歌。

如果你爱我，你的花
　　定要开最美的花朵，

你的窗旁将永远有
　　温存的夜莺来唱歌。

3
玫瑰与水仙，明月与银鸽，
　　我曾经倾心地爱过他们。
如今我不再爱他们，我只爱
　　那娴雅的真纯的一个人：
她把他们的美和爱织成一圈，
　　那明月，银鸽，玫瑰和水仙。

4
爱，当我凝视着你的秋波，
我深心的忧苦都迢迢远翔；
当我吻着你的双唇，啊，我
胸中不留一缕旧日的悲伤。

当我偎依着在你的胸怀里，
天国的梦也比不上的欢喜；
但是，当你说出了你爱我，
我颊边坠下了辛酸的泪滴。

5
你的面庞,那样美丽温和,
刚在我迷离的梦流里纡回;
一个天使的面庞,那样的恬静——
可怜的孩儿,但那样愁苦苍白!

只有双唇还是玫瑰花样的美,
但不久酷冷的死亡将吻成雪白,
并且要从你充满了想望的
秋波里夺去那天堂的光彩。

6
把你的颊紧偎着我的颊,
让我们的珠泪能双连,爱;
把你的心紧依着我的心,
后两颗心燃起一团火焰,爱!

在这双重火焰的光明里
流坠燃烧着我们的泪珠;
在我双臂间我紧抱着你,
我要死去伴着热爱与希求。

7
我把灵魂和灵魂的奥秘
　　呼入洁白灵圣的水仙,
水仙花将高唱,重和我
　　一只歌歌我心中的欣欢。

这只歌将要轻轻的颤抖,
　　像当年甜蜜的一个吻,
那一次她的朱唇赐给我
　　是一霎时的天国的赐恩。

8
星儿们永远静静地
　　站立在深远的天苍,
多少年代互相痴视,
　　星光是爱人的悲伤。

他们谈着高贵的话,
　　典雅,丰裕而深玄;
从没有伟大的宿儒
　　能了解他们的语言。

但我学到了这语话，
　　我心中永不能忘记——
因我用他当作文法
　　来陈诉衷心的欢喜。

9

在高翔的诗的羽翼上，
　　我爱，你要随我飞旋，
远到恒河湍流的地方；
　　我熟识那美丽的花园——

那花园里有的是玫瑰，
　　在月光下静吐着红焰；
那里有青莲花在希求
　　她们多情美丽的侣伴。

紫罗兰花在嬉笑拥抱，
　　向天穹偷看星儿的光，
玫瑰用温香陈诉热爱，
　　轻嘘在每朵花的耳旁。

娴静地追跑着轻跳着

一群群灰白色的羚羊：
远处，在深沉里冲涌，
　　是恒河里滂洋的波浪。

我们俩要偎依着熟睡
　　在那棕树下，流溪旁，
在欢忻与安息里陶醉，
　　梦着温柔快乐的梦乡。

10
一朵青莲花忍受不住
　　太阳过度灼热的光芒，
她低下头摺起了花瓣
　　在梦里等候夜的来访。

月亮光网上了她的心，
　　他的光唤起她的灵魂，
她吐露了青春的美艳
　　都是为了月亮的欢欣。

展开花瓣又绽了花苞，
　　她想望他云天的高迢，

她颤抖着泪珠和芳郁,
　　心中是爱情欣欢的悲愁。

11
莱茵河涟涟的碧波
　　静静地流过了高龙,
高龙高处教堂的塔顶
　　反映着像皇妃的倩影。

在教堂中悬着一幅画,
　　羊皮画纸上缀着金彩,
每当我流连此间,她的美
　　在愁夜带给我希望来。

小天使和仙花在头上
　　冠着圣母的恬静尊严;
她的眼,颊,和半开的口
　　正像我的爱人的姿颜。

12
我不是忿恨,弃我的人,虽然
我的心已碎——我不是忿恨,不!

因为你四周金钢石的光焰,没有
光明再能寻着路在你昏黑的胸间。

我在梦里见到你。啊,可怜!
我看见你空虚的心,在黑夜当中;
我看见有花蛇在盘踞着你的心宫;
我看见你是,哪我爱,多么卑贱!

13
如果你要躺着,我爱,
　　低低在黝黑的坟墓里,
那时我一定要找你去,
　　躺在你身旁,伴着你。

我要任情地吻你抱你,
　　静静地躺着,冰冷灰黄,
呼号战栗,在失望里呜咽,
　　傍着我已僵的爱人去死亡。

午夜高呼,死尸都起来,
　　一群群幽魂在空中舞蹈;
我们俩不离我们的墓穴,

在你的怀中你把我紧抱。

死尸都起来；最后的裁判
　　来招判他们的悲苦欢忻，
我们俩还像初来时躺着，
　　不理会他们去遭什么运命。

14
一个青年爱上一个女郎，
　　但是她为别一个人叹息；
那个人，又爱上另一个，
　　最后他迎娶了她为妻。

在忿怒里，女郎嫁给了
　　第一个冒险的青年，
当机缘在她面前溜过；
　　这青年的境遇实在可怜。

这个故事和时代一样老，
　　可是还重重次次的发生；
当机缘轮到最后的一个，
　　他的心得分送给两个人。

15
在北国的高山的巅顶
　　立着一株孤零的松树,
他安睡,深夜的寒风
　　代他披起冰雪的衣服。

他在梦想着一株棕榈
　　遥遥远在热带的地土,
荒风万里的黄沙田中
　　她在缄默里自咽悲苦。

16
我爱,我们同坐在一个
　　小舟中,孤零的你和我;
深沉的夜,静默的四周,
　　今夜海上也一样的静默。

月光下睡着美丽的岛屿,
　　像幽灵,在昏沉里安眠;
他们甜蜜的乐歌在叹息,
　　四周簸荡着雾霭和云烟。

乐歌拍奏得更美，更玄，
　　更迷离轻柔簸荡着雾霭；
小舟往前荡，满载悲伤，
　　在这无边的无涯的大海。

17
夜晚在梦里我看见你，爱，
　　秋波带着旧日欢迎的光，
我俯身跪在你可爱的足下，
　　我哭泣着心碎了的悲伤。

你悲怜的眼光看着我的脸，
　　笑着忧愁的神圣的笑靥，
从你沉静的秋波里缓缓地，
　　静静地滴下了珠泪涟涟。

轻轻说出了一个字，你把
　　柏叶的愁圜带上我的头；
醒来时我不见了柏叶的圜，
　　轻轻一个字我也已忘掉。

《清华周刊》第 38 卷第 4 期（1932 年），第 49—56 页。

归乡

Heinrich Heine 原著

你啊可爱的渔家女郎,
  快快把船儿拢到岸边;
这儿来和我并着肩坐,
  我们手牵着手好亲谈。

你的头倚在我胸怀里,
  从今不要怕我的猖狂;
你不是朝朝都把自己
  交付给猖狂的大海洋?

我的心也像海,我爱,
  有风暴,潮退与潮起,
还有无数纯洁的珠宝,
  闪烁在深深的暗海里。

《清华周刊》第 38 卷第 4 期(1932 年),第 56 页。

德拉迈尔诗选译

Walter de la Mare 原著

1. 骑士

我听见一个骑士
　　跨过一条山岗；
月亮照得清楚，
　　夜是如此荒凉，
带着银的盔甲，
　　苍白色的面颊，
他骑着的那匹马
　　是雕琢的象牙。

2. 迷玛

耶迷玛是我的名字，
　　但是，啊，我还有一个：
父亲常常唤我美格，
　　母亲也这样，还有保伯；
只有我姐姐，妒忌我
　　有一缕缕光亮的头发，
"耶迷玛——迷玛——迷玛！"
　　这样讥讽着，在楼上叫我。

3. 有人

有人来敲着我
　小小的，小小的门；
有人来敲着，我想
　一定——一定有人；
我听见，我开了门，
　我向左边右边看，
但是没有一点声音
　打搅这沉静阴黑的夜晚；
只有忙碌的草虫
　在墙里唧唧地噪，
只有树林里传来的
　一个猫头鹰在叫，
只有蟋蟀在悉索，
　当露点儿从天上掉，
我不知道是谁来敲门，
　不知道，不知道，不知道。

4. *面包和樱桃*

"樱桃，熟樱桃！"
　老妇人在喊，

她穿着雪白的裙子，
　　身边有一个筐；
小孩子们来了，
　　亮亮的眼睛，红红的脸，
来买几袋子樱桃
　　和他们的面包一齐尝。

5. 捉迷藏

捉迷藏啊，风说，
　　在树林的荫中；
捉迷藏啊，月亮说，
　　向着朦胧的花丛；
捉迷藏啊，云说，
　　攀过一颗颗星；
捉迷藏啊，波浪说，
　　在海港的栅栏边；
捉迷藏啊，我说，
　　对着我自己，
从"醒"的梦里走出
　　再走进"睡"的梦里。

6. 当初
二十,四十,六十,八十,
　一百个年头以前,
这巡察的人来去地徘徊,
　提着亮的灯,在深夜晚。
小孩子们紧偎在床上
　从梦里醒了来听——
"现在是半夜两点钟,
　天上有许多明亮的星!"
或是,当扫过那烟囱顶
　有东北风在尖锐地叫,
一个隐约抖颤的声音会喊,
　"三点钟!来了大风暴!"

7. 丢掉的鞋
可怜的小罗琪,
　碰着运气不好,
当她跳舞的时候,
　把她的鞋子丢掉:
没有在楼梯上,
　也没有在厅房;
也没有在她们

坐着吃饭的地方。
她在花园里找，
　　但是没有找到，
母鸡棚，猎狗窠，
　　或是高的鸽子巢。
穿过牛场，草田，
　　和荒野的森林里，
到处找不到一点
　　罗琪鞋子的痕迹。
鸟儿和兔子
　　或是晶明的月亮
不吐一点声音告诉
　　她掉在什么地方。
向鞋子喊了又喊，
　　听见吗，听见吗！
用法文，荷兰文，拉丁文，
　　用葡萄牙的话。
多少船冲着浪走，
　　在黑暗的大海里，
但是不带来一点
　　罗琪鞋子的消息。
她还是在各处呼唤，

穿着丝的皮的衣裳，
在各样的气候里，
　　踏过雪地，石路，沙滩；
西班牙，和阿非利加，
　　印度斯坦，
爪哇，中国，和
　　灯光照着的日本；
她跳着——跑着
　　穿过平原和沙漠，
从波安布口
　　到黄金的秘鲁；
山峦和大树林，
　　还有江河的边涯，
走遍了这个世界
　　为她丢掉的双鞋。

8. 麦克坤夫人

玻璃窗像老牛的眼，
　　挂着绿色的窗帘，
在石子铺的路边
　　住着麦克坤夫人。

在六点钟她起床；
　　在九点钟你看见
她的蜡烛射出光
　　从菩提树丛间；

到了九点半钟，
　　听不到一点声响，
只有晶明的月亮
　　慢慢地爬过天上；

有时远远地一声犬吠；
　　有时一只呢喃的鸟
在他昏沉的巢里，
　　在黑暗中抖着翅叫；

有时像远远的
　　大海里的涛声
一声长长的"嘘——！"
　　在菩提树丛中。

9. 萨姆

当萨姆回到记忆里，

他是回到那海的波浪
永拍着翡翠绿的石滩
　　打起白浪花的地方；
他说——用小褐眼看着我——
　　我常常故意地醒着，
在月色里倚着窗子口，
　　看海里的波涛涌着。
有几十万个纤细的手，
　　还有眼睛，像霜的闪光，
跳着舞翻着筋斗来到月色里，
　　在每个涌起浪尖上。
从这边的星到那边的星，
　　只看见一片汪洋的海波，
找不到一只孤单的船，
　　那里只有海洋，和我；
我听见父亲的鼾声。有一次，
　　真确得像我在活着一样，
在月光浸着的摇抖的波涛里，
　　我看见一个鲛女在游荡；
头和肩膀都在水上面，
　　清楚得像我现在看着你，
梳她的发，时而向后，向前，

她两只眼睛在偷着窥睨；
唤我，'萨姆！'——像极了——'萨姆'……
　　只是我……我从来没有去过，
我心里总想叫我自己相信
　　她是在招呼一个旁人，不是我……
她坐在那儿实在是可爱，
　　通夜的唱，把夜来唱完，
孤单一个在清静的海上
　　在那凄凉沉寂的海湾。

"也许，"他用手摸摸他没有胡子的嘴，
　　"也许，如果真有这么回事，孩子，
也许，如果我听见有声音招呼'萨姆'……
　　你早晨就会看见我的死。"

　　以上译自德拉迈尔之"Pcacook Pie"，《文艺月刊》第 5 卷第 2 期（1934 年），第 8—12 页。

鲁拜集

Omar Khayyam 原著

1
醒来吧！太阳从夜的莽原头
已经驱散了亿万颗星斗，
黑夜逃离了天庭；看阳光的
金箭高射上莎丹的角楼。

2
朝光的幻影还没曾消泯，
我听见酒店中仿佛有呼声：
"神庙里都安排好了，怎么还
垂头门外，你恋睡的朝香人？"

3
晨鸡一声唱，站立在酒店外
有人高声喊："快把门开开！
你知道我们留不了多久；
一朝去后便永不再回来。"

4
新春重唤醒旧时的希望,
沉思的灵魂又退进幽荒,
退到那枝头露过摩西白手,
和耶稣在地底叹息的地方。

5
伊朗园早随着蔷薇凋谢了,
蒋牟西的七环杯也化作了尘沙;
但宝石红还燃烧在萄萄珠里,
傍水的芳圃还处处有鲜花。

6
大卫的诗喉早封锁了,但夜莺
用神贵的古语还高唱出歌声,
　"酒,酒,酒啊,红葡萄美酒!"
把蔷薇的悴脸唱成了娇红。

7
来呀,斟满这杯酒,在阳春的
　火焰里,脱去你悲悔的冬衣:
时光的鸟翱翔本没有多少

路——这鸟已抖翅在高飞。

8
不管在娜霞堡还是巴比伦，
不管杯中是苦醪还是香醇，
生命的酒正在滴滴地醪涸了，
生命的叶子在一片片凋零。

9
说蔷薇每早开千万朵美，
但那儿能留得住昨日的蔷薇？
这开给我们蔷薇的初夏月，
将带走蒋牟西和凯科白敌。

10
好，随他们去吧！我们何必顾
凯科白敌大帝或是凯科斯卢？
哈丁牟去赴宴，你又何必管，
察尔，鲁斯顿，任他们去喧呼。

11
随我走,沿着这一带草坪,
一边是漠野,一边是春耕,
这儿不分莎丹与奴隶的名字——
马穆德在宝座上尽有和平。

12
繁乱的花荫下放一卷诗章,
一壶美酒,和一点食粮——
有你在这荒原上傍我唱歌——
啊,此时荒原便是天堂!

13
有些人追求现世的光荣;
有些望先知的天国来临;
啊,取今朝,别预计明朝的账,
更别管远方混沉的鼓声!

14
看我们四周蔷薇的烂漫——
她说,"我欢笑着开进人间,
一朝我绽破了锦囊绣袋,

我袋中的财宝便散满芳园。"

15
有人好节省黄金的谷粒，
有人挥金似挥雨在东风里，
但一朝死后，大家都不能
化作人们想再掘取的金泥。

16
人心所萦系的现世之希望
易成灰；即便偶然会繁昌，
也似白雪落在荒原沙面上，
转眼就溶化，只一闪清光。

17
想天地是一座川流的旅舍，
他双门是轮环的昼与夜，
多少位莎丹带了富贵荣华
借住不久，便又匆匆告别。

18
蒋牟西高歌狂醉的宫殿，

如今任狒狒和蜥蜴们留连:
狩猎王巴拉魔的墓上有野驴
踏他头顶,但惊不破他的睡眠。

19
我常想在古代帝王的流血地,
蔷薇花定开得最美最鲜丽;
芳园中每朵玉簪花也一定是
钻根在当年美女的髑髅里。

20
苏苏的春草把柔绿新铺向
河边,我们斜倚在这草坪上,
轻轻地,不要压伤他!也许
他孳生自当年美女的唇旁!

21
啊,我爱,满这杯酒,今朝且忘掉
昨日的悔恨,与明日的忧愁:
明日啊!——唉!明日的我将付与
昨日的七千年岁月而同流。

22
我们喜欢的那些可爱的善良人,
滚滚的时光把葡萄榨作香醇,
他们也不过只饮得一两杯,
一个个便轻轻地爬进了墓门。

23
繁花给夏披起新妆,我们在
当年他们的华堂上尽情欢畅,
泥土工的床早晚我们也得爬去睡。
但我们化土后又将作谁的床?

24
啊,趁我们还没变作泥土以前,
能享受且尽情享受他一天;
泥土归泥土,躺在泥土底下,
没有歌,没有酒,无尽的沉眠!

25
有些人好安排今天的想望,
有些爱翘待明日的天堂,
摩伊森从黑暗的钟楼上喊道:

"痴人！你两处都寻不着报偿。"

26
自古来有多少圣哲贤睿
惯会说天堂人世——唉，当真
等嘲语化清风，泥土封塞了嘴
也正像那些愚蠢的预言人。

27
我年青时也好热心去访拜
贤圣和宏儒，一回又一回
听他们的伟论：但我从哪座门
进去的，总还从哪座门出来。

28
也学会了种植智慧的苗种，
我亲手栽培他慢慢地孳生，
到如今这是我唯一的收获——
"我来如流水，我去似清风。"

29
不知为什么，也不知从那里，

像悠悠的流水流入了人间；
又离开了，也不知到那儿去，
像无主的清风吹拂过荒原。

30
别问从那里匆匆地到此地，
也别问匆匆地又向哪里去！
啊，且先饮你这千杯禁酒，
遮埋过一切无常的记忆！

31
从地心直渡过第七重阊阖，
升到天庭登上填星的宝座，
一路我解破了无数的哑谜；
但人生这大哑谜却猜不明白。

32
这扇门我寻不到一把锁钥，
这帘帷我永远没法子看过：
暂时谈一阵子我和你，但是
转眼间又听不见了你和我。

33
大地不答话;海洋飘着紫丧裳
也无言地哀哭遗弃他的主上;
滚转的天穹,和隐现在昼与夜的
长袖下的十二宫星绶都不作声响。

34
于是我伸出双手,向冥冥中
主宰于帷后的我中你恳请
昏暗里的一盏明灯;但听外面
来一声:"你中的我本没眼睛!"

35
于是我挨近这土瓶的唇边,
想探究我一切生命的幽玄:
瓶唇对我的唇低声道,"趁生时
痛饮吧!你一死便永不回还。"

36
我想这朗朗然答话的土瓶
也曾在人世间生存且痛饮;
啊,如今我吻的这瓶唇不知道

曾给过又受过多少个亲吻!

37
我记得当初停脚在街衢,
看见过陶师在捶捣湿泥;
泥里有纤弱的声音喃喃道——
"轻轻地,朋友,轻轻地,我求你!"

38
不是说自古来便有个故事,
经人们一代代流传到今,
说当初造物者用一堆饱和的
泥土揉捏了造成的人形?

39
从我们杯中奠洒给大地的
每一滴酒都会潜流下地面,
去消灭多年深埋在地下的
陈死人眼睛里郁愤的火焰。

40
像郁金香从地上把头仰起

接受朝餐,那青天的露水,
你也开怀畅饮吧,直醉到
乾坤颠倒,像一盏空杯。

41
或许再不会有人神的辩弄,
明朝的忧虑都交付与东风,
酒卿的乱发像松丝样细
你十指迷乱在松丝乱发中。

42
如果你喝的酒吻的唇把你
溶醉在无始无终的梦境——
你会想今朝本无异于昨日,
而明日与今朝该一样惺忪。

43
如果醇酒的仙人要是在
春溪的绿岸上又找到了你,
献给你金杯,邀你的灵魂
到唇边痛饮——你不必犹疑。

44

唉，如果这灵魂能甩脱泥壳，
赤裸裸在高天的风上逍遥，
想起来简直是耻辱，耻辱啊，
裹在这泥骸里跛着脚操劳！

45

莎丹在这座毡篷里只能够
歇一天，便忙奔向死亡的国度；
他一起身，黑非拉虚便收卷起，
再整理毡篷为别一个主顾。

46

别怕存在结了你我的账本，
世界上便再没有生命生存；
永恒的酾客曾斟过像你我的
亿万点泡沫，还将永远斟，斟……

47

等你我闪过这帘帷的背后，
啊，这大千世界仍将永远存留，
没人关心你我的来去，像大海

不关心投进的一小块石头。

48
片刻的停留——霎时的吟味，
吟味这荒原上生之泉水——
快饮吧！你看，那幻影的队商
从无中来，已渐隐进无中去！

49
朋友，你要想追究这秘密，
便快些！你不惜时光之珍宝的！
真假的分歧本不过一丝发，
人生还依靠什么呢？我问你。

50
真假的分歧本不过一丝发；
是的，只有一个阿里夫是座门——
只要你找到他，便会引着你
走进万宝室，还能面谒真君。

51
冥冥中在宇宙里旋流似水银，

他无所不在,逃避你的苦辛;
自月至鱼他有千万种形象;
形会变,形会毁,但他却永存。

52
现形只一闪,又隐进了褶幕,
这昏黑的褶幕遮绕在舞台边,
为永恒来消遣,这出戏由他
自己编,自己演,自己赏玩。

53
要是追究不到,下至无情的
大地,上至天庭永闭的阊阖,
趁你还是你时,你尽可凝视今日,
但明朝你非你时,你又将奈何?

54
别浪费你的时光吧,不必追念
什么天堂人世的梦幻与空言;
与其为无果或酸果而自苦,
何如拿多果的葡萄寻些喜欢。

55
你知道,朋友,为行二次婚礼,
我家中摆了场狂乐的筵席;
我休了衰老又不生育的理智,
娶来葡萄的小姐作了新妻。

56
虽说拿规绳能辨明"非"与"是",
拿逻辑给"上与下"划定个区分,
但一切该深究的一切里,我想
只有酒才值得追究到最深。

57
啊,人们说,只有我的核算
曾经修正过岁月的轮环?——
唉,那不过是从历数里消去了
未生的明日和已逝的昨天。

58
那一天在酒店敞开的门前,
穿黄昏来了个明丽的神仙,
肩头背着个土瓮;他教我

尝一口；原来正是葡萄香泉。

59
葡萄能用他绝对的理论
驳倒纷纭的七十二宗门：
他是全能的炼金士，一转眼
便把生之铅铁点化成黄金。

60
是马穆德，替阿拉行道的教皇，
用他急旋风的利剑来扫荡
那扰人灵魂以恐怖与悲伤的
一切凶毒的妖魔与魍魉。

61
啊，若酒是上帝所产，谁还敢讲
这蟠蜷的葡萄须该咒作罗网？
要是福，我们就该承受，是不是？
要是祸，便该问是谁干的勾当？

62
我要，戒断这生命的琼浆，我要；

若忌惧于莫须有的来世之果报，
或被诱而贪望有圣酒盈樽——
但须等我散化作灰尘的时候！

63
啊，地狱的威胁和天堂的希冀！
只一事是真的——岁月在飞，飞；
只这事是真的，其余都是假；
花开一度后便永化作污泥。

64
奇怪不是？在我们以前也数不出
几多人曾走进那黑暗的门户，
但没一个回来告诉我们那条
还得我们自己去摸着走的道路。

65
自古来多少圣哲与宗师的
启示，本像火焚先知一样的，
都只是些故事，从大梦里醒来
告诉了同僚又重回大梦里。

66
我差我灵魂穿过那不可见的
世界，去翻读些来世的文章；
一会儿我的灵魂回来答道，
"我自己便是地狱和天堂。"

67
天堂也不过是得意的幻景，
地狱是火上之灵魂的暗影，
投在昏暗上：从这昏暗中我们
才来，转眼又要消失在这昏暗中。

68
我们只不过是活动的一排
幻术的小影儿去去来来，
绕着个走马灯，在半夜里，
听随那耍把戏的任意安排。

69
可怜又像是他玩的一套
象棋子，昼与夜便是盘棋局：
任他移东，走西，或擒，或斩，

玩完了一个个又收回匣里去。

70
又像是皮球,不容你说好歹,
一任玩球的踢过去扔过来;
是他把你抛到这地上的,
一切,唉,只有他,只有他明白!

71
移动的手指写成字,字写成了,
再往前移;任你以至诚或机智
也难诱他回转来删剪半行,
千滴泪也不能洗掉一个字。

72
这倒扣的铜盆人们叫作天,
匍匐在这盆笼里我们生又死,
别向他伸手求哀怜,他也是在
不自主地回旋,正如我和你。

73
拿最初的泥土捏成最后的人形,

种最初的种子为了最后的收成：
创世时第一天早已经写好
到天荒地老后恰可诵的铭文。

74
昨日已准备好今日的狂妄，
明日的缄默，胜利，与失望：
饮吧！你不知因何故从何而来；
饮吧！你不知向何处因何而往。

75
我告诉你，自我出生时起，
他们把帕尔温和牟虚他犁
越过天驹的火鬣，便投入了我
泥土与灵魂的预定的运命里。

76
任高僧们嘲笑吧，若是葡萄根
会盘绕我整个的身体与灵魂；
我这块烂铁可以敲成把钥匙
打开他在外呼号的这座金门。

77
我知道：不管这一点真光能
烧成爱或是怒，焚我的全身，
在酒店里能捉得他灵辉一闪，
远胜过到寺院去隐遁为僧。

78
什么！从无知的无中空创生
一个有知的有，来怨恨
禁戒欢娱的枷轭，说一朝
犯了戒，便要受永世的酷刑！

79
什么！造物者把烂铁借给人，
反过头却要人偿给他纯金——
这是没签字的合同，也还不出的
一笔债，这交易够多不公平！

80
啊，你呀，你把些罥罗和陷阱
阻塞住这条我得走的路径，
你四面八方先埋伏下恶魔来

陷害我，再给我的过错按上罪名！

81
啊，你呀，你用秽土造成了人，
在乐园你又造了一条花毒蛇：
为沾污了人脸的一切罪恶——
你该容赦人，也受人容赦吧！

82
饿到憔悴的节食月无声地
爬走去，爬过暗淡的黄昏；
我又独自在陶师的屋里
四周环绕着一堆堆土瓶。

83
大大小小，种种不同的模样，
排成列站在地板上，墙角边；
有些唠唠叨叨地爱说话；有些
却歪着头静听着，不发一言。

84
其中一个道："真不是白费事！

用庸凡的泥土造得我的骨肉,
又揉塑成形,再把他毁坏了,
践踏得重归为无形的泥土。"

85
另一个道:"即便是顽皮的小孩子
也决不肯打破他欢饮过的酒杯;
是他亲手作成了我这土瓶的,
在日后也决不会发阵怒便砸毁。"

86
沉默了一会儿,有几个模样
长得离奇古怪的瓶子说:
"人们都嘲笑我离拉歪斜的,哼!
是当初陶师的手颤抖来着?"

87
随后有一个饶舌的小东西——
想是个苏菲瓦罐儿——很奋激地:
"至于说陶器与陶师,我问你,
到底谁是陶师,谁是陶器?"

88
又一个道:"有些人讲上帝会
把所有他手作的瓶儿都打毁,
投进地狱里去——别胡扯吧!
他是个好人,一切都无所为。"

89
一个喃喃地道:"不论是谁做谁买,
我土质因长久的遗忘已干坏:
但装我以凤日熟识的美酒,
我想我可以渐渐地苏转回来。"

90
土瓶们挨次在畅谈的时候,
翘待着的新月窥进了窗头:
他们互相拿肘儿推推道,
"担脚夫的肩章响了啊,朋友!"

91
啊,拿美酒温润我将逝的余生,
再洗涤这生命完结后的尸体,
葬我在蓊郁的绿荫遮绕中,

常常有游人来往的花园里。

92
我埋葬的骨灰还能长出葡萄，
卷藤像罗网在半空里招摇，
每一个真实的信仰人路过时，
无意中便被他的蟠须缠绕。

93
不错，我多年爱慕的偶像
把我在人间的信用给毁坏了：
把光荣沉溺在个浅浅的酒杯中，
又把我声名换只歌儿出卖了。

94
不错，在忏悔前我常立誓，但是
立誓时我清醒得真永不再醉了？
阳春冉冉地又来了，我手中的
玫瑰一开，一缕悔心，唉，又碎了。

95
酒耍的把戏简直是叛道，

屡次地剥去我荣誉的襜袍——
剥去吧，我奇怪卖酒人怎么常常
为些不值钱的东西把美酒卖掉。

96
可是，啊，阳春会随了玫瑰凋谢！
馥郁的青春之诗卷会完结！
花枝里歌唱的夜莺啊，谁晓得
她从那儿来，又向那儿飞去！

97
但愿这荒沙上真能够显现
那不朦胧一闪光的流泉，
教疲困的旅行人喜欢得跳起，
像田间跳起被践踏的草尖。

98
但愿有带翅的仙人早飞来
按住这未展开的运命之书稿，
好教严肃的记录者再重写
一回，或是全篇一笔给涂掉！

99
啊,爱!假使你我能勾通了他
把这万物的规模全盘抓过来,
怕你我不把他捣成碎粉——
照着心中的想望再重新安排!

100
那儿初升的明月又来寻我们——
她此后还时常要明,晦,缺,盈;
时常升起在这花园里来寻访——
但我们中有一个她将永远难寻!

101
像那明月,啊,酾客,你在青草上
罗列若星群的宾客中来往,
你高高兴兴的到我当初坐过的
那空位,请你倒扣下那盏空觥!

注释

第一首 莎丹(Sultán):某些伊斯兰教国家统治者的称号。
第四首 摩西白手(The White Hand of Moses):《旧约·出埃及记》第四章第六节:"耶和华又向他(摩西)说,把你的手纳入怀中。纳手入怀伸出看时,手生癞病,如雪。"

第五首 伊朗园(Iram)波斯一个有名的花园,传说在阿拉伯沙漠南野门(Yemen)地方,Ad 之子 Shah Shaddad 所建。

蒋牟西的七环杯(Jamshyd's Seven-ringed Cup):蒋牟西为天子之意,乃 Pashdadian 王朝的第五世。七环杯乃象七天七星七海之灵杯,为凯科斯卢(Kaikhosru)所作(参见第十首注),传云掌此杯者能知过去现在未来三世。

第六首 大卫(David):古代善歌者,见《旧约》。

神贵的古语:原诗作"divine high-piping Pehleví",Pehleví 乃三世纪至七世纪伊兰、波斯等地之古语名。

第八首 娜霞堡(Naishápúr):娜霞堡为波斯克拉商州(Kharasán)之首府,在当时是波斯文化的中心,莪默即生于此地。

巴比伦(Babylon):幼扶拉底斯(Euphrates)河畔之大城,古巴比伦国之首府。

第九首 凯科白敌(Kaikobád):波斯第二王统(Kaianian)之第一君主。

第十首 凯科斯卢(Kaikhosrú):凯科白敌之孙,曾破巴比伦,释放被俘之犹太人。可参看《旧约·以赛亚》第四十四与四十五章。

哈丁牟(Hátim Tai):东方贵族之一。

察尔(Zál):波斯之英雄。

鲁斯顿(Rustum)即察尔之子,是波斯有名的雄杰好武的人。

第十一首 马穆德(Mahmúd):十世纪末有名的莎丹。

第十八首 巴拉魔(Bahrám):三世纪至七世纪间沙萨王朝(Sassanian

Dynasty）之一君主。好色，曾造七城以象七天，涂以七色，以美女七人分居之。此狩猎王巴拉魔（Bahrám, that great Hunter）之言狩猎，或系隐指渔色。

第二十一首 七千年岁月：依柏森夫人（Basson）的解说，莪默时代波斯人以为地球的年龄是七千岁。

第二十五首 摩伊森（Muezzín）：即守钟楼的人。黑暗的钟楼（The Tower of Darkness）隐指不可知的命运。

第三十一首 第七重闉阇（The Seventh Gate）：波斯的天文学上之第七重天，即土星（亦称填星天）（Heaven of Satutn）。

第三十二首 我和你（Me and Thee）：我指人，你指神。

第三十三首 紫丧裳（Purple）：传说波斯诗人有向海洋发问的，说，"为什么你穿着紫丧裳？"海水回答说，"被神遗弃，为悲哀而服丧。"

十二宫星绶（Signs）：Signs指十二兽绶带。

第三十四首 我中你（Thee in Me）：指人心中之神，此自人而言。

你中的我（Me within Thee）：此自神而言，故你指人，我指神。

第四十五首 非拉虚（Ferrásh）：收张天幕的仆役。

第四十六首 酾客（Sáki）：波斯语，言把盏斟酒者。

第五十首 阿里夫（Alif）：阿拉伯字母之首字，即回教至尊神阿拉（Allah）之首字。

第五十一首 自月至鱼（From Máh to Máhi）：东方创始论言万物始于月终于鱼。

第五十七首 莪默是一大天文学者，曾改正蒋牟西的古历而另定新历，自一〇七九年三月十五日起施行。

第五十九首 七十二宗门：当时回教有七十二宗派。

第六十首 阿拉（Allah）：回教至尊神。

第六十二首 来世之果报（After-reckoning）：回教以为今世行禁欲生活，则来世得生天堂，有美女与醇酒为乐。反之，则入地狱。

第七十五首 帕尔温与牟虚他犁（Parwín and Mushtarí）：帕尔温乃 Pleiades，牡牛星座（Taurus）中之一群小星，即是我国二十八宿中之昴宿。牟虚他犁乃木星（Jupiter）。

  天驹（Foal of Heaven）：指太阳。

第七十六首 高僧（The Dervish）：回教之托钵僧。

第八十二首 节食月（Ramazán）：回教之九月。此月中信徒皆清斋节食。

第八十七首 苏菲（Súfi）：波斯之一学派，主张泛神之义。

（客居昆明，数年前所见鲁拜集诸译本及注译书均无法觅得，今手边仅有二十年前郭沫若先生所译本，末附简注数页。今拟注释之时，遂不得不暂依郭先生之注。兹特声明，并向郭先生热诚致谢。毓棠附识。三十二年九月。）

原刊《西洋文学》第7·8期（1941年），第68—74页，第196—205页。此处文字据《新文学》第1卷第2期（1944年），第1—10页。

附卷二　诗序

《海盗船》序

  这本小集子所包括的只有二十一首短诗,是三年来在不同的时间地点,不同的心情中所遗留下来的一些生活经验和思想经验的残片。这几年间生活的平淡俨若孤舟静止在热带无风的海洋里,一切事物对旁人或许觉得新奇的,对我总像按时旋转的星空,我只看到科学的规律而已。虽然表面是无波无浪的空澄,但是理智和信仰像两个诱惑的女子牵住我左右手,几年来把我一天天拉进一个"浮士德式的内心骚乱(Faustian Unrest)"的深渊。多少昼夜我挣扎想要捞救自己,但直到如今愈沉愈深,纠缠在这五光十色的罗网里我找不出——也许永远找不出一个出路。因此我想检点这一些零星的诗稿,暂时作一个结束;但希望将来也许在实际生活中能找一些安定。

  有人说我悲观。我曾用千百个名词来解剖过自己,但从来未想到悲观二字;分析开来讲,这两个字本没有什么意义。我对这现世界不是不感兴味,不过还未曾找出一种自己和世界的合理的牵连。有人说我揶揄基督教,我不得不声明这些诗中所提的上帝不是一个翻译的名词,并且各诗中上帝二字也不仅是泛指一神或一物,我不过拿他当作一个象征,一个符号而已。这些都与基督教没有什么关系。(我但希望有一天有人能引我走入圣彼得的天门)我自己只知道记载经验中的思绪和情绪,什么是能知能解和什么是不可知不可解,只知道用我仅有的知识与经验来解剖来窥察自己和世界;因此我避开一切主义——因为思想和情操一铸成主义就变作奥陶纪的化石了。

这里面的二十一首诗大半都曾在《新月》、《学文》、《文学季刊》、《文艺月刊》、《大公报·文艺》（副刊）等处发表；得各方允许重印，在此谨致谢意。此集编制是按照意趣相近者排列，拆乱了时间前后的线索。其中《野狗》一篇，诗成以后曾修改三四次；《学文》一卷一期发稿时，一时疏忽误将初着笔时的草稿付印，此集中所收是修正过的。此集之能成形，也因为几年来时得一多先生，公超允生，和梦家，玮德，洵侯等至友的教导与鼓励，是我不能不至诚感谢的。

毓棠

二十三年五月

我怎样写《宝马》

这首诗是取材于《史记·大宛列传》中所记载汉武帝太初年间（公元前 104—101 年）贰师将军李广利西伐大宛的故事。这件事在中国民族的历史中当然占有相当重要的地位，它是张骞的凿空及汉政府推行对匈奴强硬政策的必然的结果；这次征伐胜利以后，汉的声威才远播于西域，奠定了新疆内附的基础。在今日萎靡的中国，一般人都需要静心回想一下我们古代祖先宏勋伟业的时候，我想以此为写诗的题材，应该不是完全无意义的。

既是写两千年前古代的故事，便不得不用些古代的东西来描写，庶几乎才可以烘托出一些古代的气味来，因此我大胆地在这首诗里用了许多古字和古辞。我深知道这种应用的危险，容易弄得拉杂晦涩，难以卒读。所以我总在不得不用时才借助于它们，并且力求其少。即便使用，也力求其实在，准确；避免模糊的或烂调的词藻。我写"刁斗"，我脑中清清楚楚有一个三只脚长柄的铜镬锅，当时行军确实是拿它来白天做饭，夜晚敲着巡营的；我写"杏叶"，立刻回想到在各处博物馆中见过很多次的，那饰在马胸前三尖的铜杏叶；我写"羌笛"，很简单地指着当时住在青海高原上牧羊的西藏民族所吹的笛声。我极力避免今人写旧体诗中那种乱用古字古辞假借代替的毛病。甚至于有时舍古字用今字。譬如说"丝绸"，绸字是"紬"字的俗字，六朝以后才渐渐普遍地用起来，汉时不用"绸"字；但为易解起见，不用紬絓紣繡络绨等字而仍用"绸"字。汉时管铁蒺藜叫作渠答，本诗却仍作铁蒺藜。但有许多地方是不能不用古辞的，如"玄冠彩绶黼黻玉珪貂蝉和银珰"这一身内廷官的服饰是无法用今语来描写的；我写"驷马高车"或"华毂的云盖车"，眼前很清楚的一辆辆汉壁画上的车子，仪仗，我想不出方法用今语来代替。如冲棚楼橹辎辌轩猎武刚楼车这许多车子，各有各的形状与用处，不直道其名是别无办法的。有许多东西因为年代久远，我们今日说来生疏，而汉时是日常生活中习见习闻的，譬如冰纨，驷马，罘罳，太鼓，祖道，羽檄，材官，更卒，铙歌，糒，箜篌，大酺，祓，韉，关传，伍符，绤绅等。关于这些本想附些注释，但不胜繁琐，一时无闲着笔。还有许多东西，名字看来很平常，但在古时用起来与今日不同的，譬如营垒，汉时的营垒有他特殊的形式，在普通读者的心中怕很难得着正确的意象；再如"布"，初看来一定想与今日的布相同，但事实上汉时没有棉花，棉之移植入中国迟至宋时，汉末交广一带偶然传入中原的棉布叫作白叠，汉时提布只指麻布，再如葡萄芍药，恐怕都是大宛征伐后才传入中国的，古代大宛是有名的产葡萄的地方，当时的汉人看见葡萄一定感到珍奇新鲜的。像这一类的地方，为普通读者本来更该仔细注释说明的，但恐一时无闲着笔。

　　我写此诗，本打算力求其与史实相附合；然而是很困难。太史公的记载原文太简略，而处置整个故事的骨干使其易于组成规格时，便对于原来的记录不得不加以剪裁羼补，所以这首诗与史实本身在小节目上颇有出入。又因为汉代文献的缺少，许多地方为描写的便利起见，不得不把不合时代的东西杂揉进去。譬如"笳"，据《太平御览》引遗书,大概是五胡入侵后才由胡人传入中国的,汉时军中决不用筇,但本诗中把它写进去了。再如"坠马髻",首见于《后汉书·梁冀传》,什么形状也不晓得;我在各处见过十几个汉明器人形有髻的,可是叫不出名称;此诗中我只得把后汉中年的坠马髻按在武帝时长安女子的头上。有些是记载缺乏无法考核的,如大宛贵山城的位置,经英法德日诸国学者多年的研究,直到今天还没有一定的结论,有的说是 Khodjend,有的说是 Kasan;所以诗中贵山城及其附近只能依凭想象。再如鱼丽阵,就我所记得的,在古文献中只见过三处,一是《左传·桓公五年》,一是《汉书·陈汤传》,一是《文选》卷二十一虞子阳的《咏霍将军北伐》诗,但三处注释家都未说出鱼丽阵到底是怎样个形式。"长安城南面象南箕北象北斗"的话是依据《三辅黄图》,但果真如此么?我不敢十分相信。好在是写诗,不是写历史,若认真推敲起来,这诗中可斟酌处在在皆是,我希望读者不要苛求。

诗中的地名我竭力保留汉代时固有的名称,如印度称身毒,额齐纳河作居延河,色楞格河作余吾水等,然而最主要的 Syr Darya 我们不知道两汉时的人管他叫什么,连法显的《佛国记》中也不见,又不便越过六朝而用隋唐时药杀水这个名字;药杀水本是希腊名 Jaxartes 的译音,原音另译也显累赘,所以我但以今名音译,直作涩河。再如纳林河无古名,因为据专家的考证,乌孙首都赤谷城大约在纳林河上,诗中便写作赤谷江。

依目下自己的知识,实在不够写这种东西的资格,顺手写出来,处处是漏洞。譬如"叫更卒伐春藤赶作弓弩"这一句不要紧的话，写时也未过心；写后偶读北魏贾思勰的《齐民要术》，提到老桑可以用来作弓弩背，才想起《周官》里本来讲过典弓弩的是用桑不用藤，而藤产于南方，汉时还未传入中原；于是把藤字改为桑字。诸如此类当修改处很多，所以现在所发表的只能算是初稿；并且由以上所述，请求读者原谅我应用古字和古辞的不得已处。

这首诗写成虽然仅仅用了十几天工夫，然而蓄意远在三年以前。三年前有一天接到闻一多先生的信，叫我偷闲写篇叙事诗试试看。后来见面，一多先生劝我拿李陵的故事作底，但我总组织不起来，我自己选定了这李广利的故事，试了两三次写不下去；因为那时我在北方某学院里担任欧洲上古中古史两门课程，提古代的战争，脑中便晃着波斯攻雅典的舰队，凯撒行军的步伍，十字军东征时的武士，欧洲的堡垒城池，于是乎把《宝马》这题目写成了四不像的洋秀才。两年之后，幸而得机会翻一翻中国古书，这故事的细微处才略略成形。写完后自知依然是失败，虽是幼稚畸形的流产，但我仍该感谢一多先生当年的鼓励。

写历史诗难处不在句词描写而在要能抓住当时的时代精神，关于这一点我自己毫无把握。在这首诗里我不奢望要织进去什么思想或意见，我只练习着来简单地叙述一个故事，烘染些当时人的精神。已往的中国对我是一个美丽的憧憬，愈接近古人言行的记录，愈使我认识我们祖先创业的艰难，功绩的伟大，气魄的雄浑，精神的焕发。俯览山川的隽秀，仰瞻几千年文华的绚烂，才自知生为中国人应该是一件多么光荣值得自慰的事。四千年来不知出头过多少英雄豪杰，产生过多少惊心动魄的故事。回想到这些，仿佛觉得中国人不应该弄到今天这样萎靡飘摇，失掉了自信。这或许是因为除了很少数以外，国人大半忘掉了自己的祖先，才弄到今日国中的精神界成了一片荒土。当然，今日的中国处处得改善，人人得忍苦向前进；但这整个的民族欲求精神上的慰安与自信，只有回顾一下几千年的已往，才能迈步向伟大的未来。这话说来似乎很幼稚，但这是我个人一点幼稚的信念，因此我才写《宝马》这首诗。

但《宝马》这首诗写得是失败了，因为它未能表达出我心中所要叙述所要描写的十分之一二；在写这篇诗的时候，我才真正感觉到文字这工具的粗笨和自己表现力的薄弱。有时很好的一团想象，寻不出词句来写，写出几句便把原意剥裂到七零八落。结果全诗成后，好像不是自己的东西。更苦的是在这诗中，我简直没能够表达出自己对于国家和古代英灵的些许热情，只觉得行行受着故事和文字束缚，所以一面写一面想，与其写这种东西，不如等十年后写一部千页的汉代史，才不致闷锁于这种压抑的痛苦中。也许这种痛苦由于故事本身的限制？如果采用比较自由容易发挥些的题材，想也许比《宝马》容易成功些。

这诗的失败和疵瑕已如上述。有人或许说我把他写得像《三国演义》，但读者不要忘掉《三国演义》有许多地方是直录《三国志》、《英雄记》、《魏略》和《世说新语》等书的，不过作者把他写得仿佛假些罢了；如果我若是拿曹操来写一篇诗，大约和《三国演义》

完全不同，不过事实的骨干却不能两样。也许有人说我此诗有些写得太残忍，如屠轮台后的情形；但读者若翻开《三国志》的《董卓传》，或《晋书》的《载记·石虎》看一看，就知道这是由于古人与今人的气质的不同。有些位读者喜欢由一两篇短短的作品便断定作者的思想等，给他加上主义派别等古怪的名词以分门别类；这一点我得声明，我多年来发表的零散的小诗中，从来未曾写进去我自己对于政治社会等的意见，这篇《宝马》依然如此。这篇东西局格的松散，叙事的平庸，描写的简陋，文字的粗涩，种种毛病自己都深知道，尚祈大方多加指正。自新诗运动以来，大家以历史的故事为题材的仿佛还很少；不过这条路恐怕不是完全走不通。我想拿这篇幼稚的东西来抛砖引玉，希望写诗的朋友们不久能有真正伟大的历史诗篇来歌咏一下我们祖先的宏勋伟业，庶几乎才不辜负我们自己身为汉唐先贤先烈的子孙。

四月五日

录自《大公报·文艺》（1937年5月16日）

附卷三　散文诗和散文

死的鸟

　　我看着他回来了,摇着双桨,从夜的海上,从夜的月光里。他芦叶样的船扬起头,点下头,穿着海上夜的雾。月光在海面上流荡着,像钢铠片,像油。雾遮着远的海,远的波浪,和更远处波浪浮托的拍打的……

　　他回来了,背着满海的月光,老人。风吹着他长的胡须和头发,吹着他褴褛到碎成破片的衣裳。他沉沉地载回了一船死的鸟,堆满着船身船尾和船头;两脚埋在鸟的尸堆里,两眼空空的,闪着灰老的光。桨在手里划着,划着。

　　"告诉我,老人,那世界在哪儿?"一团火在我的心里。

　　"青年,不远,在那边,隔着雾。"他伸出苍老的手指遥指着一个方向,在弯着的长天下面,荡着月光的海波外面,隔着雾。

　　"我就去。"我急切地说。

　　"不成,得等朝阳出来,天亮的时候。"

　　我不听,我去了。我推动重的双桨。他在岸边扬着手招呼我,我来不及理会。

　　夜是更深了,我知道。桨尖敲进黑的海水,敲碎波刃上月亮的冷光;向浓的雾里穿着,穿着,穿着,似穿进什么有形的——雾遮过平沙的滩岸;雾不即不离地围着我,在四周罩起一团溷沌。月在我头上,似一颗默想的髑髅。雾像张网,罩着我,随着我,在海面上流。我开始觉到了什么东西,嘻嘻地向了我笑;冷而长的尖手指摸挲着我的头发，我的背和脊梁，钻进我的毛孔，摸挲着我两臂两手的筋条，白骨，冷冰冰地直到指尖：是风！我张大了眼睛，望着前面。前面是碎闪着髑髅光的黑冷的海水，腥湿的雾，雾外深到探不到底的天。望着我芦叶样的船尖像个鬼影扬起头，点下头，点下头，扬起头，划向我心中觉得仿佛是对的方向。

船穿进更深的海，雾的网依旧不即不离地裹在四周。听见更冷更阴沉的风在远近打着呼啸。想象得到风在张开千万个洞样大的嘴颤着舌头向空旷的夜海吹气。伸长了长长的冷手指拨着乱浪条，一层叠一层一起一伏地；摸挲着我的船身，船舷，桨，摸挲着我的手臂，脊梁，后脑海和后脑海后蓬乱的头发。想象得到风吹着，推着，把我送向前面一片空濛的不可思议。想象得到，但我看不见风。只看见海上滚起更大的波浪，月的髑髅影在浪尖上翻筋斗，似无数面神秘的镜在舞动，冷冰冰的。月光外一片黑，一片恐怖，很近，像有形的。

我定睛看，浪花尖上飘起亮的白头发，几丈长，一卷一卷的，随着浪蓬成旋又平拖下去，卷进漆黑的浪又随波尖涌上来。头发里闪着亿万只亮晶晶的冷森森的小圆眼睛，空空地紧望着我，紧望着我。

前面什么声音？一串串像墓底的锈铁铃，远远的，在黑暗里。

我张大两眼，用力推动双桨，划向前，向前。向更深的雾里穿进去。

忽然雾的网开了，月光崩碎了，洒成一天纷繁的星子，眩眼，好亮！刷刷的，雨点样向下落，织成一片纵横飞乱的流光，紫的，蓝的，金的，五彩。五彩的流光里面隐隐似有个白的光轮在旋转着，旋转着。光轮是一座门。星子雨点样向下落,有的落进海的波浪里,消失了;有的落向远的黑夜里,淡了,灭了。

有的落到我的船上,变成了啭着喉咙扑着翅的鸟,大的,小的,千百只抖动五彩缤纷的羽翼,绕着我的船我的头飞,轻柔的翅膀拍着我的肩,额,头顶,手臂。千百只,啭着喉咙,叫得真清脆,真响亮。我的眼和耳朵浸进了无名的惊讶里。幸福,快乐,春天—美的光—听着鸟的声音,唧喳喳……唧喳喳……

我不敢再向前进进那光轮的门里去,我急忙推动双桨,掉转船头。

一切都没了。又是浪的响,又是雾网和风,风响得利害,风的声音盖住了一切。月落了,海成了死黑。我划着船,向我心中觉得仿佛是岸的方向走。冲着风,两耳里灌着风,风,千万个黑洞样大的嘴向夜的海呼着,吼着。我的芦叶船高一头低一头地在浪里颠簸。我怕失掉时光,狠命推双桨,推,推,为我的——生命。

我觉得我划的时间该很久,东方才吐了白描出岸影。我把沉重的船摇到岸边,朝阳出来了。累极了;我低头看:

一船都是死的鸟,堆满着船身,船尾和船头,僵直的尸身,合了眼,答拉着翅膀,浸着肮脏的腥海水,张着千百只没有声音的小尖嘴,呆木着;我两脚埋在鸟的尸堆里,像埋脚在冰窟里,冷得利害。海面吹来的风吹向岸上一带无边的荒原;吹着我一身褴褛到碎成破片的衣裳,吹着我长的头发,长的胡须,白的,雪白的——我摸摸,一脸皱皱,我老了。海浪向沙滩拍着浪花在笑。我老了,老了。

我踏出船,看见背着荒原,在沙滩上站着一个美丽的青年,带梦的眸子,黑的头发,红的颊,青春在他的灵魂里。

"老人,你才回来?"

我眼睛空空地闪着灰老的光望着他。

"告诉我在哪儿,那世界?"他问。

"青年,不远,在那边。"

他充满热望的眼睛随着我的手指看,我指向那儿,在弯着的长天下面,荡着朝阳的海波外面,隔着晓雾。

"我就去。"他很急切地。

"不成,得等月亮在中天,夜深的时候。"

他不听,他飞快地去了。我在岸边扬起我苍老得简直是枯树枝的手臂招呼他,他不理会。他推着桨把船划进荡满朝阳的海波里,划进雾。朝阳的光在海面上流荡着,像金花金叶,像血……我两眼蒙上了泪。

《大公报·文艺》第 366 期(1937 年 7 月 25 日)

海

今晚的茶很好,我来替你斟一杯。你看,外面风也住了。真是,这初春的风在这埋在灰尘里的北平,有时比严冬还更厌人。窗外满天星斗。来,叫我们好好坐一坐,这屋中绿色的灯光很安静,这两张沙发。今天是星期五,你知道这是星期五的晚间是我照例的假期,你来得正巧,让我们安静地谈谈天。终朝忙碌,往常连礼拜六礼拜天都偷不出自己的工夫来,只有这星期五的晚间,是我在每星期硬辟出来的一点儿闲暇。不谈这些,我们且安安静静地享受一下。你不是才从上海回来么?

上星期才回来,路上疲乏得要命。

海路回来的,还是乘车回来的?

乘车。

唉,当从海路回来,航海比行路好多了。

我也这样想,但是海路太迟缓。

就因其迟缓,你才能多有几日和海亲近的机会。多几日和海亲近的机会,可以说就是人生多几日的幸福,提起航海来,你可以来看看这边书柜的一张画。

我不懂绘画。

我更是外行。不过我喜欢这张画的意境。这是 Henry Moore 画的,《海上微风》。你看这碧绿的海波微涌着银白的浪花。愈远处愈深愈蓝,蓝里又带有轻轻的润紫的色痕。你看这上半衬着蔚蓝的天,有飘飘的白云。这海浪，这云天，像春风吹满了纸上。这海天极处一叶银帆，多安静，多适意，多自由！这顺清飔斜倚的双樯，这饱饮着薰风的帆叶：你可以想象到船上人的海鸥一样纯洁的心。我喜欢这情景，这意境，这色的节律，线条配置的谐和。

我从来没有过海的经历，我不知道海会有这样的美丽。我平时喜欢山，对于海从没有什么深刻的印象。

我也喜欢山。我觉着山的美在静，在坚实，在沉劲纯厚雄浑。巍崔的山峦，绵延的峻岭，奇峰古涧，削壁危崖，每每像沉沉撼不动磨不灭的自然的铁律。但是海不然，海的美在动荡，在飘忽，在神奇的变幻里的和谐。我承认山的美，但自然间真的美不仅在静而尤在动。就是山，如果没有云的缭绕，光的映照，晴雨晦明，或瀑涧的飞流，松柏的涛浪，山的美也就减色了。海比山来得单纯，但在单纯里永翻着变幻的神奇，这美就更纯更深。你合上眼，只消一闪海的平日的忆像，你已融融地化入一个神秘的世界了。那千里万里极目望不到边涯的一片汪洋，浩浩淼淼，莽莽苍苍，浑浑荡荡，澎澎湃湃，一片想不透的蔚蓝深碧；风起时一波拥着一波，一浪叠着一浪，那没有一刻停止的簸荡，在日光下穿插着亿万浪谷浪峰，推着，逐着，挤着，拥着，扭着，绞着，一带万顷波涛，愈推愈远，愈远愈杂，愈杂愈乱，把一片烁眼的银星的闪光直带到远，远，远到看不清，辨不明的天海间一痕乳白的雾霭。海是蔚蓝，天是蔚蓝；除非是过于晴朗的天气，那海天极处永远是一带乳白的雾霭，叫你分不开何处是海的尽头，何处是天的端极。如果这个你说太单调，那么略加上一点变幻,就可以看出自然的神奇了。当夜色初退,东方吐出了晨曦的时候,海上常是异常的安静,阳光像初绽的春花,把一层薄薄的淡粉脂染满了波坪。这一片新鲜的蔷薇色,在海波上是透明的,飘动的,一直染到天边的云,天边的晓雾,天边深远的奥秘。海波静荡,拉长了波纹,涌不起一痕浪花;像少女的丝衣在柔风里飘,那简直是万里无垠的一匹粉绸;啊,绸绢也比不上的轻柔,细腻。若是在这波坪上有一两方孤岛,那是丝绸织上了花,只要看到那幻想不到的迷离的颜色,你会自然要疑心那岛是一个仙女之国。或是在夕阳里,而海上仍然有风,那比起晨曦里的仙梦,又是神奇中的神奇了。一带晚霞而红抹过半面天,夕阳在云后是神奇的使者。波是橙黄,淡粉,艳红,浓赤,深朱,绛紫,暗蓝,黝黑,从夕阳拍海处这满目的迷离变幻一直卷到你眼前。映着这水国的玄秘是天穹朵朵夕云织成同样迷离变幻的数不尽的画舫彩船。这满天满海色的纵横,色的穿插,色的杂乱与谐和,是测不透的一个宇宙的奇迹。你会不信人世间能有这许多色与光,但这幻海就在你眼前。更奇的是当你凝眸注视的时分,猛地云门一开,万千枝金箭闪烁着黄金的光芒直射上九霄,射得群星隐遁,流云变色,海上一阵乱,波澜更翻成万蕾千花;像天神的狂欢,上帝的启示,天国抖出了新的光!但是这不久,光渐退了,云渐收了,夕阳落了,西天只有紫黑的余霞,繁星各自燃上了灯,新月踏出了云帘,只有一脉银白的月辉伴着澎湃的涛声。夜幕降了。

让你这样说,这简直是三幅图画。

不仅是图画。如果海的美只给我们图画，那就不能算是海了。设身在海里，我们常觉得自己和伟大的自然融会在一起：你自己像变成了海的浪海的颜色，同时海的神秘就在你的心里。你不但看到了海，你听了海，嗅了海，感到了海的飘逸，海的辽阔，海的雄浑，海的自由。你不只是面对着海波的汪洋浩淼；你已是化为清风，化为雾霭，化为波浪与流云，你自身就在这汪洋浩淼之中。掠掠发，清风就在你耳后；抖抖袖，流云就在你肘边。仰首万里长天，眼前无垠的碧浪；你化入了自然，自然里有你自己。

"I live not in myself , but I become

　　Portion of that around me；……"

试想：拣暮春黄昏梅雨初收的时分，趁雨后的新晴，在沙滩寻一方清静的处所，最好有狞狰怪石，或是悬崖在肘后，面对海天的云流波幻。你会不由己的飘入一个玄秘的境界。你会忘掉你自己，忘掉还曾有过个自己在。你会忘掉多年人生的繁琐，污浊的经历，岁月的酸苦。展目远望云的飘，浪的飘，山影的飘，天海间一痕暮霭的朦胧，朦胧中来往有朵朵帆樯帆影，白色的玄色的，像一株株仙子的旗幡在一流纯美的诗思一缕茄色的幻梦里飘忽来去。在那刹那间你会忘掉你父母的温情，爱人的美貌，朋友的关怀，以及自身一切的焦思筹算；这些这些都成了他乡的故话，遥遥踏不着你的心。你所觉得的只有一个莫可名莫可思的一滴美，你只觉得脚下的涛声是你的歌,天外流云是你的思想。你虽或是孤身独倚在荒山野海的角落,但四周清风斜月都由着你吩咐,海波帆影都是你的伴侣;你重在你多年人生的重负已压熄的一点青春自由的理想里复生起来。再高兴,你就张一叶轻帆,趁晚风向着美梦飞了去,任一群群白鸥逐船舷拍羽翼,你的心随着他们飞,伴着他们抖,陪着他们拍水衔波;四周是一包透明的深碧;春风领着你,波浪推着你,云天是你的幕盖,大海是你的卧房,举手摘得到星儿的微笑,伸臂采得到远山的梦思。你在自然中化为无影无形,海天由着你支配。——朋友,喝口茶。

叫你描画得太诗意了,这种忘我的经验我也有过,虽然不是在海里。

只有无我的时候才有诗,才有真正的愉快。但是,朋友,不是无我,是我外另有个我:这是真正的我,有青春,有永恒。果真无我,那宇宙不成了一团空梦?一切不都已烟消云散?因其我外另有这真的我,才辨得了真实,认得了美;只有这一点纯洁的性灵,才能享受自然中美的沉醉。面对海天,不是我已失,是我真在。

这个真的我在哪里?

你攀登重岚峻岭,他在莽苍雄浑之中;你踏步田畴,他在麦香风暖之中;你面对海天,他就在那汪洋浩淼之中。展画读诗,随处都有真的自己在:只要性灵的窗前闪一脉光,你可以立刻觉得到他在展眸了。我以为只有这内心的真的我才可以辨得真实,识得美。在这里你才有完全的自由去实现你不尽的理想。抛开现实生活的一切羁绊,拘挚,转向自然,由着你去幻想,去觉,去梦。除非这样,海波对你不能成为食粮，流云对你不能成为饮料。展开这内心的眼，像推窗迎明月，你才能彻底认识美的真实，使灵性与自然融为一个整体；叫自身化入自然，自然流入你的心潭底里。那时你会知道美的世界有新的光，新的生命；你会了解。

> One impulse from a vernal wood
> May teach you more of man,
> Of moral evil and of good,
> Than all the sages can.

你这话有点儿道理。

我们不谈这些枯燥的理论。朋友，我想你还能忆及我们方才所描绘的海上的景色。

能够。那些美丽的景色都似刚刚看过的一样，还历历在我目前。

那么你就随了我的幻梦走。面对海天，不仅是看到了听到了嗜到了美，而且在风鸣涛语之中你有的是自由，有的是空闲由着你想，由着你梦。说起来可怜：平日终朝忙碌，名利的得失，人情的酷冷，日月的蹉跎，车马的匆忙，嚣嚣嚷嚷，压着你把整个的人生都为他人作嫁，不许你有一刻闲暇去想去梦。如果你能得到一刻想的自由，梦的自由，那就是天降福给你了。设身在海上，你不但看到了海，觉到了海，不但叫你的灵魂化入海浪云波，还成了真的自我；而且，如果你要真的享受海，你得展开你幻想的羽翼顺着云流浪流飘了去，任他遨游到天边仙岛，海底龙宫。你也许说这岂不是想入非非？其实，不管他是渺茫荒诞，只要"非非"之中还有自己，那就是真实。希腊人当初的宗教是自然中万物都是神，山有山神，河有河神，风有风神，海有海神；人神不分，神的国度是织入人生的一个幻想的世界。那与后世基督释迦的宗教都不同，希腊人是和一群美丽的精灵同活在一个人生的节律之中。希腊一衰，希腊的幻美随着亡了；但是人生的美梦仍在山海云天之间，仍在每个诗人的心里。你要真的享受海，你得用希腊人的信仰，诗人的眼，童心的一点梦幻的本真，抖起你灵魂的羽翼，任他飘，任他飞：你看，那海天极处来去的风帆不真的就是仙国的旗帜？疏星拥着淡月踏着天国的路；啊，那琥珀的幕盖，云石的宫庭，晚霞里数不尽仙儿的舞蹈！远处迷离的仙岛是谁的园庭？海鸥当是 Aphrodite 的仆役；那一带云波是 Maenad 的长发；那夕阳的光芒是 Appollo 天车的轮辐；那远山暮霭也许是 Hermis 的羽翼。你听，海波的呼吼后不是有琳琅钟磬？对岸朦胧的山脚下乱石崩云惊波卷雪处不就有鲛人鲛女掠发低歌？你要看鲛女的美姿，仙子的银翅，你有自由，你有路。试想你要是仙子，你要是鲛人，那就由你顺着云儿的路鱼儿的路，踏海涛下抚海底的钢礁，上攀天宫的檐马：飘啊，远，远，远到宇宙的深邃与奥秘里任你流连。霎时间，你四周天海山林都成了精灵，陪你歌，伴你笑；朵朵轻云都是你的枕，天边虹彩可以裁来作夜衣，卧在北斗的湾床里，你梦入九天天外。待张眼，你在 Ulysses 的船头，不知首途向那一个神秘的邦国。四周波澜汹涌，野浪滔天；樯头挈着电闪的火光，半天不停不断的雷声隆隆要震裂耳鼓，那粗野，那凶暴！猛一闪就在左肘一条毒龙张牙舞爪直上九霄。乌云一叠叠，挤着拥着像一群天马飞也似的向前驰。看四周恶浪狂波直拍着船舷船尾；帆篷不住的狂抖狂摇。你像一片枯叶在乱风苦浪里紧转紧旋。你一怕，回头，仍是静穆的海天，当头一轮皓月；晚钟隔海由对岸山寺传来，你整整衣，可以回家了。——朋友，喝口茶。

我要说你实在是想入非非了。我觉这种幻思也不过是偶然的经验，人生不能朝暮都在幻思里。真正的要享受海仍得常常与海接近；不知你以为怎样？

是的：要享受海，不仅用诗情幻思。实际的人世里，只要有机缘，想常常与海接近，应该不是很困难的事。像 Conrad 的一生在海上，或是海盗在水中享受无法律无羁束的自由王国的生涯，你我的境遇是不能了。

终身在海上或许太嫌孤寂；能在海滨多住些时也好。

海滨生涯自然是好，而且世界上滨海的好地方也不少。前几天有在日本的朋友来信，说在日本南部的海滨已足够一生享受。此外正多。西班牙的 Galacia 是有名的安闲的海角。英国的白石海岸对我总是一个梦。大概最美的海岸要算意大利的滨海诸城；雪莱在那里筑了一只小船，不管太太怎样不适意也不肯离开。你读海涅的诗，可以想象德国的海岸上生活的自由，写意。再有……

你以为最好的海港是什么地方？

那我想要算威尼司。这在地中海称霸五百年，享寿千年的海之国那气派自然不同。全城坐落在海中心,街巷大都是水路。出门就得乘 Gondola 小船。全城数不尽的小桥,围绕着几百年的古迹。那一座座云石的宫殿,在朝晨是一片澄清,夕阳里一带金黄橙紫。一岛连一岛,一山叠一山,绕四周是有名的威尼司的茄色的氛围。终朝彻夜听得到小船上的醉人的乐声。冗长的夏季,满街是咖啡店,乐师、舟子和花衣的女郎。你如果仔细看 Turner 的图画,你就知道了。那是古国的荣华,自由的娇子,美梦的渊源,画家和诗人荟萃之所。这是在我们中国绝对寻不到的地土。唉!世界上最不认识海最不知道海的恐怕算我们黄帝的子孙了。西洋人认识海,懂得海,海和生命分掰不开,自古已然。腓尼基,希腊,罗马人的海上生活我想,你都记得起。此后一千年西洋人离了现世只在灵海里求解脱。但到五百年前葡萄牙的航海家亨利出世,古代海洋的旧梦又复活起来。几十年间,哥伦布向西蹈巨险踏上了新大陆,Diaz 乘风破浪亲临了狂飙角,麦哲伦绕道南美横渡了大西洋与太平洋,不怕风波阴恶,这魄力,这精神,这探险求新的热诚,我国神洲的人几曾有过?对于西方人,海是奇境,海是蛊惑,是新世界,新光明。我常想 Vasco da Goma 绕行好望角时的情景不知多可怕:那风暴的阴恶,波浪的拍空,雷鸣涛啸撼山捣海的惊人,那一叶扁舟居然能安抵东亚!Ponce de Leon 听信神话故事,甘冒巨险向 Frorida 去寻求长生不老之泉,求得的是一个爬满了鳄鱼的荒土。这些人不顾成败,都在命运的掌握之中乘长风破万里浪去追寻海洋外生命的新光。再如 Balboa 巴拿马野山巅顶,第一次发现了太平洋,那惊奇,那狂喜,那满胸的疑惑,

To see the children sporting on the shore,

And hear the mighty waters rolling evermore.

　　那又是什么意味，什么情趣！但是，朋友，这才叫想入非非。你我生为犬马，死为犬马；这时已满面风尘，谁敢想到老来还能一见天海？这不过是忙里偷出闲暇，信口谈谈，胡乱想想罢了。——朋友，让我们安安静静地喝口茶。夜已深了。

　　也不可过于灰心。我且问你，你最近是什么时候在海上的？

　　我？我只童年时随了家严去江南，见过两次海；如今已十余年不闻海的消息了。海只在我的梦里。

三二·七月

录自《清华周刊》第 38 卷第 1 期（1932 年），第 76—84 页。

附卷四　诗论

旧诗与新诗的节奏问题

(上)

很有些人认为近年来的新诗（白话诗）的产生是对旧诗词一大革命，好像新诗是一个天外飞来的百分之百的新东西，与旧诗词全无关系。再加以新诗的内容材料完全是西洋式的，现代的，有如舶来品，与我们本国固有的旧诗词完全不同。旧诗与新诗二者之间，对他们仿佛有一条宽广的鸿沟，绝难跨越。因此有些读惯了旧诗词的人说读不懂新诗，或者说读新诗丝毫得不到趣味，甚至于卑视新诗，以为它既无诗格又无诗意，简直可叹可笑。我的看法不是这样，我以为新诗是承袭旧诗词的更进一步的自然的发展，二者原在一条线上，新诗的基本原则和旧诗词的丝毫没有两样。若勉强寻找它们的分别，这分别只在题材上，正如词与古乐府的不同一样。我们没听说过有人读得懂古乐府而读不懂词的。其实就在题材上，也没有截然的区别。若更彻底一点说，他们之间本无分新旧。又有人说，旧诗可诵读而新诗不可诵读。这种看法也是错误的，事实上新诗与旧诗词一样的可读，读新诗的方法及其基本原则本与读旧诗词完全相同，不过这一点大家未弄清楚罢了。我的意见可以从好几方面来证明解说。本文先就旧诗词与白话诗的节奏一方面作一个简单的讨论。

节奏是人类心理上自然的需要。我们坐在火车上，听车轮前进的声音，咕隆咕隆地响。本来车轮的前进声是很机械的，一声与一声之间距离完全一样，单调而无止境，它本身并没有顿挫。可是我们听久了，便似乎自然而然地给它加上了顿挫，而成为"咕隆——咕隆"或是"咕隆隆——咕隆隆"了。这种顿挫完全是人为的，产生于人的心里。钟表也是一样，本来它的滴答滴答的声音是单调机械而无段落的，但在人的听觉里便成了"滴答——滴答"或"滴答答——滴答答——"或是"滴滴滴答——滴滴滴答——"了。给机械的单调的声音加以人为的顿挫，主要的原因怕是由于我们心脏的跳动与肺部的呼吸。因此说这种人为的顿挫是生理的，自然的，也未为不可。有了顿挫便成了节奏。慢的一声两声一顿，快的三声四声五声一顿。但也许因为呼吸的原因，六声一顿便觉太长；至少六声一顿的一顿中便又可分为三声或两声所成为的小顿，于是六声一顿的顿便失了价值而又变为三声或两声一顿了。车声表声如此，其他声音也莫不如此。譬如敲鼓易成为"咚咚——咚咚——"或"咚咚咚——咚咚咚——"；走路便成为"一二——一二"或"一二三——一二三——"等。比鼓声繁杂的弦乐管乐，比走路繁杂的舞蹈，都产生自然的节奏，也可说是产生于自然的节奏。不管它音乐是多么繁杂，舞蹈是如何的缓急不定，但它根本的节奏总是原始而简单的。

诗是伴随着音乐舞蹈而产生的。咏歌与手之舞足之蹈实是同时发展的。咏歌随了乐与舞的节奏而生了节奏，咏歌之初形恐怕只是呼啸嗟叹。迨由呼啸嗟叹进而加之以字与意，便成了诗歌。中国字是单音的（虽然古有复音，但自节奏上看，与单音作用全同，因每字都只有一个母音），便于适应简单的节奏；字意为表达思想的，歌咏起来便自然产生了顿挫（句读）。在中国历史上，这种伴着乐舞所产生的诗歌，最早的成绩当推诗经。诗经中的诗歌以四言为主，从节奏上看，是最简单，最原始的，也是最自然，最合适于中国文字的。例如《东山》一章，节奏成为：

我徂——东山，慆慆——不归，我来——自东，零雨——其濛，
我东——曰归，我心——西悲，制彼——裳衣，勿士——行枚，
蜎蜎——者蠋，烝在——桑野，敦彼——独宿，亦在——车下。

此诗每句四字，每二字成一组，每组成一拍，每句两拍，是很自然的。读起来节奏是单调简单而原始的，叫你联想到原始人舞蹈时的缓慢的钟鼓声。每组的两个字似当有一重音，如"我心"二字，读时可重读"我"字或重读"心"字，因其重读所在而意义上也略有差别。但中国字是单音复词，有时不必拘泥于组中某字定当重读，也有时任意重读而其意义不变的，如"裳衣"二字。每组的字有时可读得同样轻重，然就其所占时间与他组对比起来，仍不失其为一组，如"东山"二字。这种音组适相当于西洋诗中的音步（**foot**）。以前也曾有人辩论过中国诗音组中何字当重读何字当轻读的问题，我以为这是受了英文中重音的影响，中国文字没有这个东西，辩论毫无意义，但字无重音并不阻碍其组成音组的能力。这方面有些像法文，或古希腊拉丁文。

这种简单而原始的节奏蕴存于最古的诗歌中，是很自然的现象。但此种节奏有几个毛病。第一、中国古代的文法虽然伸缩性很大，

但也有时意思受了节奏的限制，表达不出来。欲求把思想或情绪表达得清楚畅快，便不得不突破节奏的束缚来加减一两字，或填补一二无甚意义之虚字（如诗经中的语词）。第二、节奏太简单，便容易使人感觉单调。对于节奏及节奏之美感觉敏锐的人，常喜欢在规律中求变化，整齐中求花样。譬如击鼓的可以在单调的咚咚的声音中加一跌，如"咚咚——咚咚——咚咚咚——咚咚——"。这种破格往往给单调的节奏增加了变化的美感。诗歌也是一样。前者是想在文法辞义上求明畅，是不得已而为之的消极的破格，后者是想在单调的节奏外求变化的美，是人为的艺术技巧的积极的破格。二者相辅而行。诗三百篇虽以四言为主，每句两音组在当时虽是最流行最习惯的节奏，但三百篇中这两种破格的例到处都是，所以诗经中除四言而外，也有一二三言五六言七言八九言等种种的句子。这些破格的句子之产生，不管由于文法辞义或技巧的破律，其结果均能完成节奏变化的美。随便举几个例：

　　陟彼—崔嵬，我马—虺隤。我姑—酌彼—金罍，维以—不永怀。(《卷耳》)

　　鱼丽—于罶，鲿鲨。君子—有酒，旨—且多。(《鱼丽》)

　　殷其—雷，在南山—之阳。何斯—违斯，莫敢—或遑。(《殷其雷》)

　　式微—式微！胡不—归？微君—之故，胡为乎—中露？(《式微》)

　　日居—月诸，照临—下土。乃如—之人兮，逝不—古处。(《日月》)

上引入《日月》篇之"日居月诸"之"居""诸"二字皆是无甚意义之虚字（语词），用以填补节奏，其本身实是呼啸嗟叹的遗迹。"乃如之人兮"的"兮"字原亦无意义，但加了它却给单调的节奏增了变化之美。"胡不归"三字原可在"归"字上再加一字的，但破一格，把"归"字一拍拉长，不仅给节奏加了变化，而且强化了情感。这都是节奏的变化。以上诸例中又有一点我们可注意的。《殷其雷》篇的"在南山之阳"一句，文法上字字不可减，这五个字我们虽不知古人的读法，但以今日的语调读时（想古时当无大异），最自然的读法是把"南山"与"阳"二名词读得重，而把"在"与"之"二虚字读得轻。不但读得轻，而且简直可以随口一带就读了过去。正如"我看他的信"五字中其余四字皆可重读，而其中的"的"字则非轻读不可，且可随口一带就读了过去。所以"在南山之阳"的"在"与"之"二字，及后例中的"的"字，我们都可以归为一类，这类字因其可以"随口一带就读了过去"的缘故，我们可以在诗的节奏中名之为"卑音字"。这种字只在文法上有重要性，在节奏中除略增变化外，别无重要性。有它无它对于节奏本身无大影响。这种"卑音字"最普通是一词一个，但也有两个的，即可把两个字很快地读成为一个字，其作"卑音字"的能力并无两样，例如"不用"二字，而"不用"二字在北平话中竟已化为一声。"不要"二字化为"别"字亦然。

　　四言诗还有个毛病，即句读之处缺少一使人呼吸的机会。四言诗必需读得慢（我们要注意古代的音乐的节奏是缓慢的），句读之间才得从容顿挫而使人得以呼吸，如果一首长的四言，如韦孟的讽谏诗，急急地快读，就感觉其节奏成了一片急鼓，喘不过气来。这是因为四言诗把句读间呼吸的机会放在节奏以外去了，呼吸只好在句与句之间别成一拍，到诗外去找。这种办法又缓慢又不便。而且四言诗的每句两拍，本觉太短，太短便即缓慢。

惩救此病，楚辞有个新方法。楚辞虽与诗经无关，我们至少可以说楚辞在节奏上产生一种新格，是诗经所缺少的。这种新格即以一"兮"字填补呼吸的空洞穴。这种办法诗经中固然已有，但其效力不如在楚辞中显明。例如《山鬼》：

若有人兮——山之阿，被薜荔兮——带女萝，既含睇兮——又宜笑。子慕予兮——善窈窕。

再如《湘夫人》：

帝子降兮——北渚，目眇眇兮——愁予，袅袅兮——秋风，洞庭波兮——木叶下。

这里面也是每句二组，但每组有三字的有二字的。"兮"字也是呼啸嗟叹之遗风，加进去不仅增加了悠扬荡漾的韵味，且给"读"处加了个吸气的机会。不过这种调子仍然迂缓，因为它没有在句子完结处增一呼吸，也有如《离骚》的：

众女——嫉余之——蛾眉兮，谣诼——谓余以——善淫。

这两句中的"之"与"以"字是卑音字，所以每组极似二字，而"兮"字正是句与句中之一顿，这一顿时，"兮"字正可帮助读者以一次肺部的吸气。

惩四言诗此弊之另一演化的结果，即是五言诗。五言诗与四言诗之不同处，即在五言诗把句与句间之呼吸加入了节奏之中，而成为节奏的生命之一部分。如《十九首》中：

青青—河畔—草，郁郁—园中—柳。
盈盈—楼上—女，皎皎—当窗—牖。

这里每音组为二字，但每句末组只余一字，这一字与呼吸合为一组。因为这个发现，便使读者缓急从容，呼吸化入诗的节奏而与诗打成了一片，不再感棱角之处。不过此处要提出另一问题，即音组与词意之关系。前三句可巧按我们分组的方法，正使音组与词意符合，但另举一首诗，似乎就乱了，若使音组定需与词义吻合，则成如下之式：

结庐—在—人境，而无—车马—喧。问君—何能—尔？心远—地—自偏。采菊—东篱—下，悠然—见—南山。山气—日

夕—佳,飞鸟—相与—还。此中—有—真意,欲辨—已—忘言。(陶潜《饮酒》)

如此则每句结尾有二字一组的,也有一字一组的,那么与我们上面所说句尾因欲使其便于呼吸而减二字,岂非不合了吗？其实不然,诗中每句的节奏原是音乐性,合乎人类生理活动的,及于听觉的产物,与词意并无需有密切的机械的联络。且每句的节奏是一气呵成的,觉不出痕迹的一个单位,如下两句：

皇帝—二载—秋,闰八月—初—吉(或：闰八月—初吉)。(杜甫《北征》)

我们读诗时并不是把这十个字刻刻板板地分成为这五个(或四个)词意才读得懂。从词意上文法上固然要如此,但在音乐的节奏上仍可分作：

皇帝—二载—秋,闰八—月初—吉。

的节奏去读,正如《饮酒》中那两句读为"采菊—东篱—下,悠然—见南—山"一样。这层很像西洋诗中有时一个长字可分为两个甚至三个音步,或短字改变了重音,或重音落在虚字上一样,对于字意词意并无多大的影响。

我们上面说过五言诗比四言诗的进步处是加入了呼吸又加多了（也是加快了）一拍。七言诗比五言诗不过更加多加快了一拍而已。七言诗是一句四拍。一口气读四拍，从中国语言的习惯上讲，似乎是不多不少，刚刚分量正合适的样子。试读一首七绝：

　　劳歌—一曲—解行—舟，红树—青山—水急—流，日暮—酒醒—人已—远，满天—风雨—下西—楼。

即可觉得。当然，比七字四拍再多，也未尝不可，如：

　　君不见—黄河—之水—天上—来，奔流—到海—不复—回……

不过五音组的句子只能用于破格求节奏变化之时，若句句五音组，在习惯上便觉太冗长；不是不可能，但略感不方便。因此，中国诗演化至七言，便似乎走到极端，不能再进了。此中的原因恐怕大半由于节奏。

　　让我们再讨论节奏的另一个问题。我们上面也说过，对于节奏及节奏之美感觉敏锐的人，往往厌倦单调与呆板，总想在规律中求变化，整齐中求花样。规律整齐固然是美的因素，但太照顾它，便单调呆板了，给单调呆板加一些变化，反而更美。这一点在中国韵文的历史发展上，处处可以看出来。诗经时代，破四言而参用一二三言五六言七九言的例子，已如上述，五言发达的时代，即有节律的变化颇多的乐府存在。

乐府原用以入乐，音乐与诗歌结合的问题较复杂，此处暂不能讨论。即便在五七言极盛的唐诗中，在节律中求变化的例也不知有多少。李白的新乐府即是好例。在唐人中，李白怕是对节奏感觉最锐敏，试验节奏变化（时而五言，时而七言，时又参入九言四言）最大胆也最成功的一个人，他的因变化节奏而产生的音韵上的铿锵顿挫，抑扬曲折，实是后代诗家所难及的。不过普通的诗家，多半仍遵守已成熟的五七言各种格调，认为是最自然最完美的形式了（古体律诗排律绝句等的格调，完全是另一问题，这问题太大，非本文所能讨论）。

更进一步的变化节奏的试验而成功的是词。词之成形，不管它最初如何与乐府同样地与音乐有关，或后来变而对音乐独立，但其基本的发展仍由于词人有意地给诗歌加上节奏变化之美。此风一开（亦即是说这试验一成功），再接再厉，词调也就日愈加多。最初的长短句与词调都还离诗不远，但词愈发展，变化也就愈多，甚至于有些词调在节奏上似乎已使人有过分杂乱之感。又有些节奏过分杂乱的词调仅能以韵脚来维持它的生命。节奏原是一个很纤脆的东西，太单调呆板了，便失了美，有如火车的轮声；太杂乱无条理了，也失了美，有如闹市的喧嚣。节奏的美就要靠诗人在这两极端之间，取舍剪裁，意匠安排，加给它以人工艺术的整理。这种工作正如一个音乐家之安排乐谱，艺术即在其中。

给节奏上变化多端的词再加以自然语言的表现而成曲令，是又进一层的发展。这一步发展自然而合理，且给语言增加了颜色与精神。试举一例：

每日价—日上—花梢，抛残—绣谱，卷上—鲛绡。字临—卫女，诗吟—苏蕙，史续—班昭。喜清课—卖花—声杳，催好句—心字—香烧。红了—樱桃，绿了—芭蕉。一任那—旧园亭—莺喧—蝶闹。要收心—拘禁了—浪游邀。

此节中最可注意的是"每日价""红了""绿了""一任那""拘禁了"等口语的词对于节奏的新适应。这些词丢开了斯文气，又假一些卑音字舒展了词意，而与节奏适合得杳无痕迹。再举个例：

　　……人生—何苦—把家园—恋？……你把轻舟—挂了—帆，骏马—加了鞭，便走到—五载—三年，也怕你—游他—不遍。何苦将这—破屋—荒田，与旁人—争长—论短？你说道—传与—子孙，只怕你的—子孙—败得来—身上—无绵，手里—无钱……（徐大椿《戒争产》）

试看这里节奏的基础与古诗并无两样，然而味道全变了，原因是在旧节奏上——也可以说是在中国文字的自然节奏的基础上——运用了新语言的结果。只要我们明白了节奏与语言二者的分别，即可了解新诗（白话诗）与旧诗词的生命原是一条河道上的一条川流，他们的生命都寄存于同一的"中国文字之自然的节奏上"，决非截然两个互不相通的世界。

　　下面让我们再分析一下新诗的节奏来与旧诗的节奏作一比较。

（下）

我们上面已说明旧诗的成形与演变，完全本乎中国文字的自然节奏。从古诗进展到词曲，已有使日用语与节奏谐合之势。这种新的谐合丝毫不感勉强；虽然音组与音组的字数时或不同，但我们若了解中国"词"的组合性及卑音字之无碍于节奏，即可了解此种现象在语言文法语调上反是最自然的。新诗不过是更进一步使当今日用语言与文字的自然节奏更切实地吻合而已。试举新诗一例：

> 这是——一沟——绝望的——死水，
> 清风——吹不起——半点——漪沦，
> 不如——多扔些——破铜——烂铁，
> 爽性——泼你的——剩菜——残羹。
> （闻一多：《死水》第一节）

试观此一阕四行的诗，每行很自然地分为四个音组，每音组的组成虽有二字三字之不同，但我们若了解上文分析过的，便知其无关重要。诗中的音组与字的配合，使我们读起来感觉很自然。读这阕诗，和读四句七言诗，在节奏上简直完全一样。所不同者，这阕诗是白话的，容易懂，用的是日常浅近明白的语言，中间有两个"的"字，一个"些"字而已。反对新诗的人绝对不能说旧的七言诗是诗而此诗不是诗，因为此诗节奏的骨干与七言诗寻不出丝毫不同之处。

如果有人说此诗用的是日常浅近明白的语言，又因有了"的"字、"些"字，所以不是诗，那是他好古非今，喜艰深恶简易，但爱古董不解生活，不足以谈文学。文艺要的是时代生活情绪的崭新的表现，必需用最浅近最习用的语言。如果这一点被否认了，那么我们日用的语言的价值便得被否认了，而世界上便有大部分的文学也得被否认，因为世界上大部分的文学都是用当代说话的语言写成的。实在讲起来，新旧诗的不同处只在一个用的是当代最自然的语言，一个是模仿古老的做作的语言而已。有些旧诗词只消变动几个字，便可成新诗；新诗一改词句，即可成旧诗。原因还是由于它们根本的节奏丝毫无不同处。节奏如一条河道，新旧诗原是一条川流。

我们再从另一方面看，新旧诗又似乎有一大不同之点，即白话诗用的是"语言的节奏"，而旧诗词用的是"吟咏的节奏"。我们得承认我们平日所说的话，有一种自然的节奏蕴藏于其中。例如：

你原是个——爽快人，何苦——白冤在——里头？你有话，索性说了，大家明白，岂不——完了——事了呢！（《红楼梦》第一〇三回宝钗语）

试看以上宝钗这几句话，很自然的分成了十一个音组，语调说起来高低缓急恰恰合适。分音组的方法自然有时因其高低快慢轻重之不同，意义上也发生很大的区别，如"你原是个—爽快人"，若着重在"你"字，即可读为"你—原是个—爽快人"等。再如"你问问老张—几时来"可成为"你问问—老张—几时—来"或"你—问问老张—几时—来"等。这都由于说话时表示意义的重音的所在之不同，缓急轻重之不同，而音组的组成上也产生差异。但无论如何，我们说话之中，自然地蕴藏着节奏，是可公认的。白话诗所用的即是这种说话的节奏。每一句诗是一句说话，诗人好比是一个会说话的人，懂得说话的节奏之音乐性的人，他的工作即是如何把杂乱的说话的节奏安排、配合、组织起来，使之成为一种悦耳的诗的节奏，他之把杂乱的说话节奏"美化"而成为诗，正如音乐家把宇宙中杂乱的声音组织起来，"美化"而成为乐谱一样。这就是诗人创造的艺术。

> 撑着—油纸伞，—独自—
> 彷徨在—悠长，—悠长，—
> 又寂寥的—雨巷，—
> 我希望—逢着—
> 一个—丁香—一样地—
> 结着—愁怨的—姑娘。
> （戴望舒：《雨巷》第一节）

这节诗的节奏和调子，读起来极近我们日常说话的节奏了；缠绵的情调即自此节奏中透露了出来。卞之琳还有些诗简直完全是说话，如：

> 可不是？—这几杯—酸梅汤—
> 怕没有人—要喝了，—我想，—
> 你得—带回家去，—到明天—
> 下午—再来吧；—不过一年—
> 到底—过了半了，—快又是—
> 在这儿—街边上，—摆些柿—
> 摆些—花生的—时候了……哦，—
> （卞之琳：《酸梅汤》前七行）

　　这里我们可以清楚地感觉到语言自然的节奏。新诗用的节奏即是以此种自然的说话的节奏为节奏，诗人的工作不过对此加以一种安排、配合、组织、美化的手续而已。它可以读，可以念，念时与说话完全相同，自然的节奏之美即蕴蓄于其中。

　　旧诗所用的则是吟咏的节奏，所谓吟咏的节奏，即便于音乐谐合，便于吟咏歌唱，它不完全是说话的节奏。我们很难找出一句话恰好是一句七言五言诗。它比说话的节奏来得齐整而有规律，然而只能吟咏歌唱，不便念，至少说不能念得和说话一样，它是人为的，非自然的。退一步，至少可以说是不合时代自然性的。

　　诗里的节奏，从这方面讲，到底应该用"说话的节奏"还是"吟咏的节奏"呢？这个问题至为复杂，得从多方面——心理的，音乐的，语言文字的，社会的，文学的，历史的——去仔细探讨，才可有个完满的结果，在这篇短文里我们无暇详论。但有几点我们是可以同意的。

第一、文学必需运用当代最自然的语言，才能表现出最切身的幻想、情绪、感觉、与经验。二十余年来新文学所要求的就是这一点。如果我们承认以白话写小说比用文言来得亲切，那么同样地，用白话写诗也自然比用文言来得切合时代。第二、文学中忌讳滥调与死格式，要的是新的词藻新的物象。旧的诗词早已成了一套僵成了化石的格式，一团过了时的"时代的诗情"，新的酒新的精神已放不进这旧的皮囊。欲求新的词藻新的物象的运用自如，非得有新的格式与新的语言不可。第三、我们要分别吟咏的节奏与说话的节奏之价值，似乎从诗与歌的分别上即可寻找。我们不能说一切能唱的歌才是诗，不能唱的歌即不是诗。诗与歌是截然两个区域，重音乐而轻词藻的是歌，因此歌得牺牲文字的自然性以求入乐。重文字而不顾歌咏的是诗，因此诗只利用语言文字中的音乐的原则，而不强使音乐来摧残语言文字的自然性。歌是唱的，诗是念的。歌可以本乎吟咏的节奏，诗必需本乎自然语言的节奏。

　　总括起来说，我以为旧诗词与白话诗，二者根本的节奏都是以中国文字本身上自然的节奏为基础，它的发展是在一条道上的，并非截然不同的两个国度。所不同处，只在一个是运用当代日用的自然语言，一个是运用多年成为格律的人为语言上。因其语言运用之不同，故节奏上一是说话的节奏，可念不可吟的；一是吟咏的节奏，可吟不可念的。而依我的意见，吟咏的节奏在今日已经只能用于歌上，而不能用于诗上。因此，今日的诗，必需要运用说话的节奏，而今日的诗人的责任，便是要在中国语言的节奏中去寻找、去阐发、去创造最自然的今日的中国语言之美。

我们若彻底了解了旧诗新诗二者兼有的中国文字之根本的节奏，及新诗所运用的说话的节奏，我们对于"读"新诗便不会感觉多少困难，也即可了解新诗原与旧诗一样是可"读"的，不过读旧诗的"读"是"吟"的意思，而读新诗的"读"是"念"得和说话一样罢了。例如：

> 暮秋的—田野上—照着—斜阳，
> 长的—人影—移过—路中央；
> 干枯了的—叶子—风中—叹息，
> 飘落在—还乡人—旧的—军装。
>
> （朱湘：《还乡》第一节）

此阕诗每行四音组，词藻全是很自然的白话。第一行中的"的"、"上"、"着"字，第二行的"的"字，第三行的"了的"，第四行的"在"、"的"字都只有文法意义而无碍于节奏的"卑音字"。如果我们把第一行的三个卑音字都取消，便成了"暮秋—田野—照—斜阳"，与七言诗句的节奏全无分别。然而只用这七个字，便不是我们自然的语言了，说出来人家便不大明白，远不如"暮秋的田野上照着斜阳"来得清楚。而其中三个卑音字，按我们平时说话的习惯，也是"随口一带便读了过去"的，所以读成"暮秋的—田野上—照着—斜阳"，对于一个对节奏略有感觉的人也应该丝毫不感到累赘或痛苦吧？而且这些卑音字还可以惩救节奏的单调。我相信，如果一个已习惯于此种"说话的节奏"的人，忽然读起一首七律，也许他反而觉得其中缺少着这一类的卑音字来填补文法上的不足及节奏上的单调。再举一例：

如今—却是—黄昏，
我站在—街头—望—
轻风—卷了—一层
雨，遮没了—天光。
（陈梦家：《雨》第二节）

这节奏极近五言诗，而它却是十足的白话，节奏是十足的说话的节奏。第二行的"望"字单字一音组，反可加强了望的情绪；而第三行未完的"雨"字，转放在第四行上，加强了雨的印象与感觉，这更是旧诗中不能用的技巧。中国文字好处之一，就是富于暗示性（Suggestiveness），旧诗词中固然已经借重它很多，而新诗中因其运用更自如，它的效力也就更大。

本着情绪与感觉，自然地随着语调的缓急与呼吸的快慢，来安排一句的节奏，是诗人最重要的自由，也是诗人艺术的创造。旧诗词在格式与韵脚上多少给这自由加了限制。新诗在这方面的解放是可喜的。它可以安排成：

你看—那里—神仙似的——一对—男女，挽着臂—踏着那—

软湿的—沙汀，谁也—不想到—故意—踩深了—脚印，为着—可能的—第二次的—追循。（雷白苇:《慰诉》）

这种长而缓的（为了叙述）沉着的节奏与这种：

无边的—静
温宛，—慈祥，
万丈—虹影
垂自—穹苍
五色，—辉映……
幸福的—辰光！
（梁宗岱译《幸福的歌》）

轻快的节奏对照起来，着实是旧诗词中不易寻到的创造的自由。这种旧诗词中不易找的新式句子的节奏依然是可以念的，是本乎中国文字自然的节奏的产物，绝不是从外国学来的。

由以上我们的分析，也可看出新诗虽不能如旧诗的一样之可以"吟"，但它却也很自然地可以"读"，用说话的节奏来"读"。不过今日新诗坛上，有一个不得不引为遗憾的事，就是很有些写新诗的人并不从这最简单最明显的基本原则下手。他们以为随意写写就是诗。他们以为新诗只要情感，无所谓格式。最初倡导新诗的人犯了这毛病，而今日写诗的人仍未摆脱这毛病。他们甚至于不知道节奏为何物。他们忘了"诗"究竟还是一种以文字为工具的艺术成品。他们不知道节奏,所以诗中也便没有节奏。没有节奏的诗称为诗,正好像没有骨胳的人称为人一样,是不会有生命的。大约也就因为如今新诗坛上没有节奏的诗太多,所以大家以为新诗不但不能读,而且不是诗。不过我们要说,没有节奏的诗和不懂节奏的人所写的诗,在某种意义上,根本不能算是诗。

二十九年八月

原载《今日评论》1940年第4卷第7期,第108—111页;第9期,第142—144页;录文据《传纪与文学》,正中书局,1943年,第54—72页。

谈"抗战诗"

近来听见许多严格的批评家说,自卢沟桥事变以来,各处发表的关于抗战的诗很多了,但可惜见不到一首好的抗战诗;抗战诗产量虽大,但都是些浅薄的泄愤与颠狂的口号。我最初听见了许多这种话,也有些同感。但是后来想过,便深觉这种评语似乎太过分了些。批评的人好像是只对抗战诗出产的结果而发出这种冷冰冰的悲观论调,都不曾着眼于抗战诗之何以没有好作品,更不曾鼓励作家们如何才能有好的抗战诗出现。在如今抗战时期,对抗战诗抱如此消极的态度,在整个文艺界看来不是个好现象。

我这里对于这个问题想拉杂地谈几句话。请先自诗歌一般的内容谈起。

诗歌的内容当然包括着整个的宇宙与人生;一切事物,凡与我们人类身心活动有关的,本来无一不可入诗。诗人自可任凭己意,高兴写什么就写什么,诗人取材本是天下第一件自由事,自古至今皆是如此。但是奇怪的很,我们在文学史上看,在某一个时代或是某一个社会里面,往往把某一种思绪、情操、感觉、题材、形式,认为特别是诗,特别觉得美,容易刺激情感幻想,特别动人;此外的东西大家就觉得不大像诗了,或者即使像诗,也不是好诗了。譬如宋人的词。入词的材料大半都是茜窗晓月,深院春愁,梨花山雨,败叶秋思之类。在唐诗中不重这一套,唐诗的内容在中国文学史上怕是最广泛的时代,就是宋诗也不重这一套,然而词却无形中拿这套东西划定了范围。为什么？缘故很难讲，至少难分析。词这种形式果然不能写别的东西吗？又不然。在当时便有例外。不过，人们在那个时代里，不知为什么，都觉得只有这些缠绵悱恻和风花雪月的东西才是好词的材料，才是好词，其他的题材虽可入词，总不容易好，至少不习惯，或竟非词旨了。这是时代的文学嗜好，正有如穿衣服。衣服形式不同，其实都为蔽体，但在喜欢穿两截衣开领瘦袖的西洋社会里，忽然有人穿长袍宽袖，大家便都以为不自然，不合适，甚至于可怪可笑。道光咸丰年间的衣服穿到一百年后今天的社会里也同样。一时代的人对于一种诗的内容的嗜好，我们可以给它起个名字，叫作"时代的诗情"（the poetical of the age）。

再举个例，如西洋浪漫主义时代，大家都觉得一定得那样把爱情神圣化，把自然灵性化，把性灵生活理想化，才能写成好诗；你要把哈代（T. Hardy）或庞德（Ezra Pound）放到那个时代里，一定会痛遭唾骂，被人家认为不是诗，至少是看不得的诗。二十世纪的人们也读浪漫诗人的老作品，有如欣赏十八世纪的绘画一样，但是没有人肯再学雪莱、拜伦或华兹华斯来写诗了，因为大家觉得那一团思想、情感、感觉、题材，早已成为过去，是从前那个时代的"时代的诗情"，正如那个时代的衣服一样；而我们已另有我们这个时代的衣服，这个时代的"时代的诗情"了。

每个时代的"时代的诗情"之所以然，自有其种种复杂的背景。文化、经济、与生活的进步，社会与政治的治乱演变，思想潮流的起伏流动，宗教、战争、道德标准、科学发明、以及天才们的创造与提倡，时人的风尚与嗜好，都足以影响一个时代的"时代的诗情"之形成与演变。历史进展使得"时代的诗情"也随之而演变。这是很自然的。

但是，一个"时代的诗情"绝不是一朝一夕可以形成的，往往费了许多诗人的许多岁月的努力、尝试、冒险、与鼓吹，才得慢慢酝酿而成形，才能得到一般或一部分社会人士的接受。在它酝酿发育的时期，往往要遭受到许许多多的打击与阻碍，讥讽与藐视。一定要经过多少次的尝试与失败，失败与再尝试。我们该记得新诗运动自启蒙以来，至今已二十余年。但它的地位直到今天依然在那里摇摇撼撼地站得不甚稳固。并且，还有一个现象更值得注意的，就是一个时代的"时代的诗情"既经酝酿建设而成形，大家在其中写作惯了，鉴赏惯了，一意地在这方面下工夫，总想把它弄到尽美尽善之境，于是乎不知不觉地便把这一团东西奉为准绳，奉为圭臬，自己作茧自缚，再也跳不出这个圈子以外去了。日子一久，这团东西追不上时代的演进，衰了，老了，便只剩了外形与教条，失掉了初起时的活泼与力量、冒险、自由、创造的精神。到那时，这一团"时代的诗情"便格律化了，形式化了，变成了僵石；但历史前进了，时代改变了，这一团东西便都落在后面。既已落在后面，它本该束之高阁作为历史上的古董了，或竟应该处死刑了。但不幸总有些懒惰的，守旧好古的，只知其一不知其二的人，还在那儿爱护它，给它养老，维持它残年的生命。

自从白话诗运动以来，二十余年间各种的题材也都尝试过了。有的是摹仿西洋古诗或新诗的，有的是拿了我国前代的诗料重新翻花样的，有的是努力走向大众有意求通俗的，也有的着意于表现近代畸形的中国的。二十余年来把好诗坏诗都收罗起来，数量也不算少了，它的内容也很不容易综合出一个条理或轮廓来。可是，新诗进步到最近几年，随着形式技巧之逐渐成熟，无形中也渐渐地仿佛酝酿出来了一团似乎是大家（大半诚意爱诗的作者与读者）共同爱好的东西。这团东西的主要点大约都集中于个人的悲欢情绪之抒泄与个人的生活感觉之描绘。在这一方面也着实产生了不少的美妙的作品。所以然者，也许因为中国诗的传统是以抒情为主，也许因为中国文字宜于简短的抒情，也许因为中国民族性最近于抒情文学？所以抒情诗特别发达。抒情诗宜短，天地也小，易深刻含蓄，易使其有弦外余音。集合这几点，抒情小诗便容易成功为精练完美之作品。为了这个，大家便都爱写，爱读，成了大部分爱好新诗的人的一种风尚与习惯。这一点本不敢说就是今日中国之"时代的诗情"，但至少它在今日中国之"时代的诗情"中已占了一个相当重要的地位。

好，我们新诗坛上这种空气（一种近似唯艺术的空气）正在渐趋浓厚的时刻，卢沟桥事变起来了。炮火把时代骤然间给涂改了面目，我们整个民族蓦地另换了个生活环境，精神上也猛然改了个世界。这件事不仅是我国"四千年来未有之大变局"，而且变得奇突，紧急。我们的诗人与读者，多年喜欢歌唱个人小小的哀情与欢喜的，对此都觉得太突然，精神好像没来得及准备，瞠目结舌不知所云。说也奇怪，我们爱诗的人们，前几年在精神与生活上怕都未曾十分准备会有这次的突变；虽然我们整个民族对于这突变的来临，早就应该在生活与精神上充分准备着的。——如果我们不自辩饰，我想这该是实话。

突然一个新时代起首了，我们的诗人与读者们再不能流连于昨日旧的"时代的诗情"中了，但是新的呢？我们能够一步就转过身来吗？创造这新的"时代的诗情"却不容易，这决不是一反掌就可以另辟个天下的。我们要写这新时代的诗，但我们写诗的思路不习惯，表现的技术不习惯，词藻不习惯，格式题材都不习惯，读者之接受与欣赏也都不习惯。叫一个写读个人抒情诗的人骤然一变而改为写读抗战诗，正如叫哀普（Pope）一变而改写伊黎欧特（T. S. Eliot）的诗一样，不敢说是绝对不可能，但一起首总不容易。两年来以新环境为新题材的抗战诗，作者也作了，读者也读了，但都在习惯上觉得不像诗，至少仿佛不像平日所喜欢的好诗。你要楞叫作者、读者都承认这些东西一定是好诗，正如你楞把个北极的白熊放在赤道线上，叫它承认自己是个热带动物一样。

但我们不能说作者不习惯便永远写不出好的抗战诗来。我们得适应环境。适应不能急切求其得到满意的结果。我们从昨日的"时代的诗情"之温室里把彩笔向桌上一抛，跳到这狂风暴雨的抗战的天井里，颠狂地喊两声口号便称之为新时代的诗，那岂非笑话！我们还是应该忍住性，在这新环境新人生中实践、注视、观察、感受、深思；然后再在新的形式技术与词藻上练习、试验、研究、冒险、创造。尝试而失败不要紧，失败了再尝试。等我们生活与精神和诗的技巧与内容都慢慢习惯并适合于这个新时代了，我们再提笔"表现"

这时代所给我们的一切新情绪，新感觉，新观念，新人生观，我相信我们自会有好的抗战诗应时出现。而且，我敢说，这种好的抗战诗一定比以前的新诗来得雄浑、真实、丰富、气魄伟大。

有人或者要问，我们抗战已经几年了，我们的忿怒、忍受、着急、颠沛，已经足够了，难道我们身心所受的打击还不能消化这时代而写出好的抗战诗吗？当然，我们身心的受难已足够了，但表现我们身心所感的新技巧，新训练，人人都敢说自己有了把握吗？

上面这一段话，我很着重"表现"二字。因为现在有许多抗战诗被一般严格的批评家骂为"口号大全"或"抗战八股诗"者，都由于写的人自己太不下工夫，太随便，并且只讲宣传而不讲表现。有些诗人太热心了，写诗时心里就先打定下主意，打算这篇诗出去便可以激动许多读者的抗战情绪。我以为这种写作的心理完全错误了，因为我觉得拿诗来做宣传工具是宣传中最笨的方法。我相信我们读一首宣传诗，远不如读一段敌军劫掠屠烧某地或狂炸某城的新闻来得有力量，易受感动。要说以文字做宣传，我推重报告文学和小说（不过也得写得好）为第一，其次是上演的戏剧（戏本子本身无大用）。其实以宣传为目的的小说与戏剧已经不会成为好的文学作品了。这是因为作者的心理根本不是文学创作的心理，而是政治心理的缘故。至于拿诗来作宣传，简直是白费力，不可能。诗在今天的世界上本已走到末路，成了少数人的东西了（我不承认诗能大众化；即使能大众化，也没有什么好处或价值，因为即使大众化了，大众也不会喜欢读诗），我不相信这些喜欢读诗的少数人，非等到读了抗战诗，才能引起抗战的情绪。所以我想费功夫写宣传诗的人不如改变一下自家的心理状态，专心致力于写真正文学的诗，注重在"表现"这个新时代。为表现这新时代的新人生，自然忍得住性，去实践、注视、观察、感受、深思；得在形式技术与词藻上练习、试验、研究、冒险、创造。尝试了失败不要紧，失败再尝试。诗中所表现的也许不适宜于今日的读者，那么尽管藏起来，不一定要发表。为发表而写作是文人第一大耻辱。不过我想以表现时代人生而写的诗，十之九还是不会不适宜于今日之读者的。表现便真，宣传便假，在诗一方面讲，真的比假的总有价值。再进一步说，虽然作者在写诗时不以宣传为目的，但如果由"表现"这个时代人生而产生的好诗，它本身便自然而然地带有一种宣传的价值。这种附带的宣传价值，怕比为宣传而写的诗的宣传价值还要高些。所以我以为当今主持文字宣传的人，应注意于实事的报告，"编选"当今与抗战有关的文学新作品，不该只会对作家们说："你给我写篇宣传小说。"或"你给我凑篇抗战诗来作宣传。"这种办法无异于摧残蹂躏文学创作。作家们为沽名赚钱而单单致力于宣传文学者，无异于自贬身份。

好的抗战诗当产生于真实地"表现"时代。产生于忍住情感过分的激动，去实践、注视、观察、感受、深思；产生于新形式新技巧新词藻的练习、试验、研究、冒险、创造；产生于不怕失败，继续尝试；产生于诗人们大家努力去求进步。批评家不该过分地发出悲观的论调以损人志气。如此大家多写，多想，多讨论，这新时代不会不产生新的"时代的诗情"，像罗马末年的基督教一样，渐渐普及一般而终被承认了，那时好作品自然会应运而大量地产生出来。

谈到这里，我不得不再讲几句关于工具与技巧的话。一切艺术的生命实在都寄托于工具与技巧，正如我们的心灵寄托于肉体一样。诗情人人有，徘徊于美丽的山林水涯，谁都高兴，有诗意，但不易写出来，或不会写出来。只是有工具技术修练的诗人会把它写出来，而且写得美。一团意境在一个画家心中，不是艺术；看画的人心中所得的美感，也不是艺术。艺术者就是那张有形的，由色线技巧构成而表现着一团东西的画，才是艺术。诗人的艺术（工具）就是他笔下的字、辞、音韵，节奏与行、段。其实这些东西旁人也用，不是诗人的专利，一个诗人之所以成为诗人，就在他对于这许多东西运用的特别灵活、纯熟，美而有力，比旁人高明一步。所以写诗的人对于他的工具与技巧要是没有深刻长久努力的训练他不会写出出人头地的好诗。不懂得诗的工具与技巧的人提笔就写诗，那根本是笑话。抗战诗当然也是如此。实在讲，抗战诗应该比起平常个人的抒情诗来，在技巧上恐怕还要难得多。既然要写好诗，工具与技巧便不能不考究，正如要弹好的曲谱，你得先费十年工夫来作钢琴练习。近来很有些人，想一步登天，把诗歌看得太容易了，做出一种新的论调。说是抗战期间只讲宣传，不讲艺术，所谓抗战诗，只要辞能达意，表现热情就足够了。对于说这种话的人，我们只能敬佩他爱国的热情，不敢详辩；但我们可以私下里说，这种人只懂宣传不懂文学，他也绝不会写得出好作品。宣传与文学本是两回事，何况更不问技巧。我们从一个文学读者的立脚点来讲呢，至少可以对这班人说这样的话：我们所希望读的抗战诗，是那些以文学表现为出发点，并且技术纯熟的好抗战诗，因为只有这种作品是真实的，像诗的，我们读者自己不会写的好诗。你们只顾宣传的作品太假，技巧拙劣得不像诗，连我们自己都可以写写，何必一定要看你们的呢？至于你们说："只有我们的这种诗才富于爱国的热情"，不过你们要知道，我们读者的爱国的热情并不见得比你们低，你我所不同者，只在我们自知技巧修养不足以写诗，所以不写罢了。

二十八年三月

原载香港《大公报》第641—642期（1939年4月15—16日）；录文据《传纪与文学》，正中书局，1943年，第73—81页。

《宝马与渔夫——孙毓棠诗集》编后记*

余太山

孙毓棠先生（1911—1985）是我的老师。他从1978年起指导我学习中亚史和中外关系史，直至去世。在他晚年的学生中，我是追随他时间最久，受到教诲最多的一个。

先生平易近人，和蔼可亲，唯独对我十分严肃，难得露出笑容；见面时，只指点学问，话题极少涉及其他。他患有多种疾病，其中以哮喘最为严重；工作却很繁忙，特别是进入《中国大百科全书》总编委以后，主持了中国史卷的全面规划工作，还亲自主编秦汉史分卷，常常在病榻上也手不释卷。为此，我多次提出协助他处理一些事务，他总是婉言拒绝；其原因，用他的话来说："使用自己的学生是不允许的。"

在我的记忆中，他正式委托我办的事只有两件。一件是1981年他赴美讲学前夕，要求我参加秦汉史分卷的编辑工作。然而这与其说要我帮忙，毋宁说有意给我一个锻炼的机会。再一件便是编辑这个诗集了。

早在1979年，他就有意收集过去发表的诗作，但事实上并未进行。

---

*《宝马与渔夫——孙毓棠诗集》，台湾：业强出版社，1992年10月初版。

1985年1月起,他的旧病一再发作,终于在5月初住进北京协和医院。治疗期间,我多次去探视,见他身体状况一天不如一天,曾一再请求允许我编辑他的史学论文集,他始终没有同意。有一次,他说:"我的论文,质量不高,特别是解放前写的,当时条件太差,资料奇缺。时隔多年,史学界已有长足的进步,考古工作更是突飞猛进;既无力增补,你看有重新发表的价值吗?"见我颇不以为然,他又说:"你如有兴趣,将来不妨收集一下我的诗作。"并叮嘱:"我写诗曾用过一个笔名:'唐鱼',是'毓棠'两字的谐音。"说了这些话,他已喘息不已。我只知道先生在20世纪30年代写过不少诗,但读过的只有《宝马》等二三首而已。其他是些什么诗,发表在何处,一概不知。当时的情况,又不容我多问,只是在心中发愿,一定要把先生托我的这件事办好。这便是我编辑这本诗集的缘起。

关于先生诗作的特色、成就和在近代诗歌史上的地位,卞之琳先生的序文已经说得很清楚了。在此,我只想就史诗《宝马》谈一点看法。

我每完成一篇论文,总要请先生审阅。一次,他皱着眉头说:"你的文章越写越枯燥,令人难以卒读,这样不好。一个史学家应该是半个文学家。"我率尔而对:"难道不应该是半个数学家?"先生莞尔一笑,说:"这并不矛盾。"由此可见,先生创作《宝马》固然有其特定的背景(参见卞序),但从他采用历史题材这一点来看,很可能是出于这样一种信念：史学家之所以要恢复历史的本来面貌，不仅仅是为了发现作用于其中的规律，还在于以文学的形式生动地再现庄严灿烂的历史画卷，丰富当代的生活，陶冶人们的性情，使史学研究的成果最大限度地发挥作用。听说现在有人提倡作家要学者化，我因此想到，学者（至少史学家）也应该作家化，不仅要具有逻辑思维的能力，也要有形象思维的能力。《宝马》在这方面可以提供丰富的启示。

至于诗人在当时选择李广利征大宛这一事件为题材，无疑是经过深思熟虑的。这场战争是汉武帝发动的。如所周知，汉武帝在我国历史上是一位有作为的皇帝，不论他组织这次远征的个人动机如何，其后果具有积极意义是可以肯定的：由于大宛被征服，汉朝的威望大大提高，西域诸国皆背匈奴而向汉；李广利回军后不久，汉就在西域设使者校尉，护田积谷，这可以说是设置西域都护的前奏，汉和西域的交往从此畅通。李广利万里远征，历尽险阻而终于奏功这一过程本身，也说明这次战争根本上是符合当时西域各国同中原开展文化、经济交流的愿望的。诗人身处积贫积弱、内忧外困、风雨飘摇的旧中国，憧憬汉唐盛世，渴望炎黄子孙能继承祖先开创的丰功伟业，是极其自然的。但似乎应该强调指出：诗人讴歌的不是那位雄才大略的汉武帝（全诗八百行，勾勒武帝者仅寥寥数笔，且对这位"无上的汉天子"不无揶揄），也不是这次意义重大的、胜利的远征，而是在这次远征中表现出来的我们祖先刚毅不拔、坚苦卓绝、一往无前的精神。显然，在诗人看来，这种精神乃是汉唐盛世赖以建树的基础，乃是炎黄子孙最可宝贵的东西，乃是祖国未来希望之所寄。诗人创作《宝马》，归根结蒂是要唤起这种精神，要唤起一个具有这种伟大精神的民族应有的自豪感。

诗人是史学家，因此诚如卞序所指，全诗虽五光十色、眩人眼目，却并不违反历史的真实，句句有来历，字字有出典。但我认为史学家作为诗人，可贵之处还在于他严格遵循着我国诗歌史上优秀的现实主义传统。他着意讴歌远征士兵披荆斩棘的大无畏精神，但毫不讳言封建军队的残暴和腐朽作风，便是明证。依据史料而不为所囿，进而驾驭史料，抓住历史最本质的东西，使《宝马》不同于一般肤浅的借古讽今之作，而具有永久的魅力。

《宝马》发表后，一直备受赞赏。但也有人认为这首诗在某种程度上反映出作者的大汉族主义，不无遗憾。我细读此诗后，认为这种看法是不能成立的。诗中对封建夷狄观确有所表现，因为这是客观存在的历史事实，不容抹煞，但不能因此认为诗人自己有大汉族主义思想。全诗一开头，就以饱含感情的笔触，咏叹大宛美丽富饶的河山、善良勤劳的人民；诗中对这场战争给中原人民和大宛人民带来的灾难，同样寄予了深厚的同情。完全有理由认为，诗人对封建夷狄观是持否定态度的。事实上，作者作为当代最早注意中亚史和中外关系史研究的学者之一，始终对我国各族人民和世界各国人民怀着友好的感情，并身体力行为发展汉族同各兄弟民族、中国人民和世界人民之间的文化交流事业作出了贡献。凡是熟悉作者的人，无不清楚这一点。

按照出版社的要求，本书应该是一本选集。但由于我无法觅全作者的诗作（例如，署名"唐鱼"的就一首也没有找到），既未睹全豹，也就谈不上选了，且不说对于我这样一个门外汉来说，要确定一个选择的标准亦非易易。因此，只能笼统地称之为《诗集》；而在篇幅允许的范围内尽可能多收几首。

先生的诗集曾出版过两种：《海盗船》和《宝马》。前者系短诗集，未见。后者收长诗《宝马》和短诗三十六首。据唐弢先生回忆，前者已包括在后者之中，考虑到后者系先生自选集，故这次悉数收入。至于补充的数首，由于上面所说的原因，就带有很大的随意性了。但其中《渔夫》、《北行》、《山溪》三首（刊于朱光潜先生主编的《文学杂志》）和《秋灯》一首（原刊待查），却可以肯定是先生得意之作。尤其是《秋灯》，1979年先生于庐山疗养期间曾抄赠唐弢先生；后来又用毛笔誊录在李赋宁先生的纪念册上；在他七十岁生日那天，还给我写了一遍；并告诉我，此诗颇得朱自清先生赏识，言下不胜思念之情。

《诗集》分上下卷，上卷收长诗《宝马》，下卷收短诗，题为《渔夫》。短诗先列原刊《宝马》集诸首（顺序照旧），继之以这次补充者，略按发表年代排列，并附出处。此外选入译诗三种，作为附卷，以见先生译事之一斑。分卷设计都是卞之琳先生的主意。

《宝马》用典较多，一般读者或有困难，特收入先生《我怎样写〈宝马〉》一文。该文谈到了此诗的构思经过和史料依据，足资参考。又因短诗多以大海为题材，另选入先生题为"海"的抒情散文一篇，于读者体会诗意或有裨益。以上两则，作为全书的附录。

在搜集、编辑的过程中，得到先生许多友好的鼓励和指点。其中特别要感谢卞之琳先生、萧乾先生和唐弢先生。这些前辈的热诚帮助，使我克服了不少困难，也使我认识到先生诗作的价值所在。我更爱我的老师了。

《孙毓棠诗集》编后记

孙毓棠师于 1985 年去世后,我便着手编辑他的诗作,结集后,请卞之琳先生作序,名之曰:《宝马与渔夫》。该集直到我于 1989 年访问伦敦大学,结识那里执教的王次澄先生,才由她介绍到台湾业强出版社,得以在 1992 年问世。囿于当时条件,所录不齐,校对不精,我对此一直耿耿于怀。

这一新编大致按发表先后排列诗作。卷一至卷三是孙师自编诗集。卷一《梦乡曲》,刊于 1931 年。卷二《海盗船》,刊于 1934 年。卷三《宝马》,刊于 1939 年。卷四《秋灯》则是以上三集之外的诗作。卞序照登。

《梦乡曲》只是长诗一首,初刊于 1931 年的《清华周刊》,这次按 1931 结集时的文字校录。

1934 年结集的《海盗船》本涵短诗 21 首,本书卷二涵诗 36 首,另 15 首采自 1939 年出版的《宝马》一书的下卷。《宝马》下卷似按意趣相近者排列,与 1934 年的《海盗船》原则上并无不同:《城》后插入《河》、《洪水》二首;《涤罪》后插入《夏》一首;《我回来了》后插入《阳春有梅雨》一首;《诉》后插入《蝙蝠》一首;《灯》后插入《吐谷图王》、《我失落了些什么》、《踏着沙沙的落叶》、《送》、《秋暮》、《清晨》六首;《诔》后插入《云》、《奔》、《落花》、《怨》

四首。其他诗作顺序无异。长诗《宝马》初刊于1937年《大公报·文艺》，1939年和《海盗船》合集出版。这次按1939版的文字校录。

《秋灯》一卷中已见于《宝马与渔夫》者有16首，其余则为这一次新增者。文字按原刊校录，略按发表时间排列。其中，《秋灯》一首为孙师所深爱，乃以名卷。

另外，收译作十种。其中最重要者无疑是《鲁拜集》。

应该指出的是：这次所收，虽较《宝马与渔夫》为多，恐仍非全豹。这是有待今后继续努力的。希望各界热爱孙师诗作者随时向我提供信息。

全书编辑过程中，得到李锦绣先生和李艳玲博士的大力帮助，收集资料、校对文字等等，给我助力甚大，铭感五内。此外，友人孙昊、华喆、李鸣飞、冯茜、孙闻博也一再援手，亦于此鸣谢。

特别要提及的是，四川师范大学段从学教授主动和我联系，给我寄来了多首孙师的诗作，都是我未知的或难以寻觅的。不仅如此，段教授还对此书的编辑提出了不少有益的建议（如收入散文诗和诗论等）。谨在此对段教授表示我由衷的谢意。

师母王务灼先生，始终关怀着编务进展，给我很大的鼓舞。谨志。

余太山

2012年8月21日